U0508140

盛开在

时光深处的花朵

程煜 著

北京日报出版社

图书在版编目（CIP）数据

盛开在时光深处的花朵 / 程煜著. -- 北京 ：北京
日报出版社，2023.3
（新时代散文）
ISBN 978-7-5477-4413-0

Ⅰ．①盛… Ⅱ．①程… Ⅲ．①散文集－中国－当代
Ⅳ．① I267

中国版本图书馆 CIP 数据核字（2022）第 194160 号

盛开在时光深处的花朵

出版发行： 北京日报出版社
地　　址： 北京市东城区东单三条8-16号东方广场东配楼四层
邮政编码： 100005
电　　话： 发行部：（010）65255876
　　　　　　总编室：（010）65252135
印　　刷： 成都市兴雅致印务有限责任公司
经　　销： 各地新华书店
版　　次： 2023年3月第1版
　　　　　　2023年3月第1次印刷
开　　本： 880毫米×1230毫米　　1/32
印　　张： 6.75
字　　数： 145千字
定　　价： 78.00元

2022年盛夏的一天，程煜打来电话，请我帮忙为她的新书《盛开在时光深处的花朵》写序。得知消息，真心为她高兴，为她在文学创作之路上又结下一枚硕果而欣喜。

认识程煜，是在2017年秋季。她当时在鲁迅文学院中青年作家高级研修班学习，因时任鲁院院长的好友邱华栋介绍而相识，得知她在天山时报社工作。后来，我与其他媒体领导也因参加天山时报社举办的活动而去了新疆兵团四十七团，看望了当时团场健在的三位"沙海老兵"，听老兵们讲述过去的故事，被"老兵精神"深深打动。如今，这些都成为我生命中珍贵的记忆。

在我的印象中，程煜是一位气质温婉的女性。我在电话里对她说，你的气质是适合写花草的。我本人也非常喜欢草木，尤其是草木葳蕤的南方古城，是我常常思念的故乡。作为兵团二代，程煜的家乡在"塞外江南"伊犁，这个堪称新疆最美的地方，俗话说："不到新疆不知祖国之大，不到伊犁不知新疆之美。"

伊犁之美，在程煜的笔下可以窥得。从伊犁初春绽放的杏花、苹果花、桃花、蒲公英花，到夏季的薰衣草花、油菜花、土豆花、香紫苏等，在次第开放的花朵中，伊犁之美也渐次展现在人们眼前。

杏花是全国各地常见的报春花，但在程煜的笔下，伊犁新源县吐尔根杏花沟的杏花是与众不同的，"这里纷纷繁繁的杏花背后是绵延千里的雪山银峰，馥郁柔美的花朵与伟岸险峻的雪峰形成鲜明的对比，大气磅礴，震撼人心。整个山谷像一幅巨大的水粉画，色彩秾丽，层次分明。"

伊犁被誉为中国的普罗旺斯、中国薰衣草之乡。从法国普罗旺斯漂洋过海来到伊犁的十克种子，繁衍成伊犁数万亩盛开的紫色花海，"半个世纪以来，薰衣草花成为兵团第四师最具代表性的意象，也成为支撑一代代军垦战士用青春用生命坚守祖国边陲的精神支柱。这朵在伊犁大地盛开的精神之花，以她独特的魅力默默地执着地浸润着与她亲近的每一个人的心灵……"

当然，我还在苹果花中看到了六十一团阿力玛里的厚重历史，在昭苏高原金色的诗行中看到了油菜花开的胜景，在盛开的狼毒花中了解到七十六团格登碑的故事，在果花深处嗅到来自七十八团阿热勒的果香，在苇花深处、红柳花深处看到兵团军垦战士的艰苦生活和乐观豁达，等等。

虽然程煜已经在新疆首府乌鲁木齐工作生活了多年，但从她的这本书中，可以看出她对故乡伊犁的深情。正如她自己所说："对伊犁的爱，已经深深地融入血液中、生命中。"而每年一场又一场如期而至的盛大花事，则是程煜回望和审视故乡的一个角度。

在本书中，程煜虽然写花，但却融入了因花而有的成长故事、与花有关的人和事。程煜是在写花，但她也是在写人生。尤其是位于祖国西部边陲的新疆生产建设兵团，一代又一代兵团人的故事中，有她的父母、公婆、兄弟姐妹。那是她深藏于心底的故乡。

在《送你一束沙枣花》中，我认识了她故去的公婆，以及他们朴素而坚韧的爱情。"她的一生，平凡得不能再平凡，普通得不能再普通，如一棵常常被人忽略的沙枣树。因为她坚强，所以风霜来时，没有人心疼她；因为她粗粝，所以干旱来时，没有人怜惜她。"这样的"戈壁母亲"和曾经参加抗美援朝战争三年、响应祖国召唤主动来到边疆的公公，我不知道他们的名字，但他们这样的群体是值得世人仰视的，是值得后人记入史册的。

"她在戈壁荒滩扎根，惊开了亘古荒原沉睡千年的梦；她在天山脚下生长，敛聚了雪峰的雄浑之气；她在西部边陲盛开，继承了万千军垦战士戍守边关的使命；她在冰天雪地中坚守，只为曾经的誓言；她在烈日骄阳下盛开，给世界献上最美的花朵和最浓的精华……"正如程煜文中所写的薰衣草，这些花朵所蕴含的深刻意义早已超越其本身，成为新疆大地上隽永的风景和传说，丰润着这块土地，使这块土地更加厚重。

"每一个季节，都有花的不同风姿，如同不同人生季节的故事，丰盈我们的漫长人生。"程煜就是这样通过生命中盛开的花朵，向我们娓娓道来这些花朵中蕴含的厚重故事。

文学的本质，对应的应该是人的生命世界、价值世界。在欣赏伊犁一场又一场的盛大花事时，程煜不会随着落英缤纷而哀婉或低沉，相反，她看到的是生命的绽放和成熟。在她的文字中，你不仅能感受到花朵的摇曳多姿、浪漫多彩，还能感受到这些花朵所蕴含的精气神。

伊犁新源县吐尔根杏花沟的杏花在她看来，"大美背后是沉默的积蕴，那些风刀霜剑、骤风疾雨、闪电鸣雷，乃至遍体鳞伤，都是生命中必然的收获。千百年来，野山杏花就这样寂寞盛开，花朵在风中传递生命的味道，果实在地下延伸生命的力量，花开花落，年复一年。最终，成就了这旷世的奇美。"

在程煜的眼中，紫色薰衣草花就是伊犁大地上盛开的一朵精神之花。"而我透过一朵花审视她的成长经历，审视她与脚下这块土地的关系和情感。与她交流、对话，倾听她内心的声音，于是我读懂了她的喜怒哀乐。"

"一株薰衣草，代表着一种顽强不屈的精神，就像我们的父亲在荒原上耕种希望，用布满老茧的大手描绘出一片又一片绿洲；就像我们的母亲在戈壁滩上织锦，用伛偻的身躯使我们的家园日益美丽温馨。生命中的风风雨雨，都没有让他们怯懦；生命中的坎坎坷坷，都没有让他们退缩。"一株薰衣草，代表着一种方向，一种向上的不屈的精神。这是属于一个时代的令人敬仰的精神。

如果说过去我所认识的程煜，只是一个远居边疆的媒体同人、一个朋友，那么，通过这本书，我走入她的内心，看到的是一个温柔、坚韧、仁爱、宽阔、向上的心灵。我希望我们的生活中有更多这样勇敢面对生活、热爱生活、投身尘世洪流的人。

"公公婆婆那一代兵团人的爱情和生活是火热的也是残酷的，理想主义的色彩浓浓地铺满了他们的人生，也释放着他们的激情。半个多世纪的风霜掠过他们匆忙而又艰辛的一生。他们的人生底色，是新疆的辽远荒凉，是兵团的艰苦创业，是漫长边境线的逐渐牢固，是垦区大地的日益繁华。"

程煜的文字温婉细腻，饱含深情，又充满坚韧和力量。这是伊犁这片热土和兵团厚重的历史给予她的，也是她从平凡而又英雄的父辈们身上传承而来的。这种红色基因，让她把生命之根牢牢地扎在脚下的大地上，努力让自己成长为一棵枝繁叶茂的大树。

在遥远、辽阔、苍茫的西部边陲，从古至今，诞生了无数充满豪情壮志的边塞诗歌，以至于边塞诗风已经成为苍凉、豪放的代名词。而出生成长在新疆伊犁的程煜，却呈现给我们一个与众不同的边疆，一个江南柔美气质与豪放粗犷气质相融合的边疆。盛开的花朵，于这样的边疆又是多么珍贵。

本书文章，跨时十多年，从中可见作者当年写作时的青涩，但哪一个写作者不是这样过来的呢？成长，是生命的必然。青涩，也是生命的必然。在繁忙的媒体工作之余，程煜能够坚持读书、写作，实属不易。希望程煜能够坚持在文学创作的道路上走下去，发现、记录、呈现新疆、兵团更多的美，为"文化润疆"贡献自己的力量。

正如程煜所说："就让那盛开在时光深处的花朵，在记忆的长河中温暖未来的苍茫岁月吧。"相信这些盛开在时光深处的花朵，能够温暖更多的人。也相信程煜会在未来的岁月中采撷生活中更多的美，呈现给读者。

是为序。

2022 年 8 月于北京

　　连日高温，空气是热腾腾的，风吹过来黏到身上也是热的。何以消烦暑，手持一卷书。书是《盛开在时光深处的花朵》，书中文章可做夏日清凉引，文字间有淡淡的薄荷香，紫色花海轻笼如烟，那是薰衣草在微笑。迷蒙中有一女子手持一束花向我走来，是梦，又不是梦，这是《盛开在时光深处的花朵》带给我的审美意象。

　　程煜嘱我写序，心里着实惶恐，惶恐中有郑重，有托付，有惺惺相惜。书稿拿起又放下，我知道这本《盛开在时光深处的花朵》在她心中的分量，那里有她生命的印记和爱。一篇文章一篇文章地读下去，春天的杏花、夏天的薰衣草、淡蓝的勿忘我……心里竟起了清凉意。

《盛开在时光深处的花朵》是程煜写给伊犁的一封封情书，是她对生命本真的捕捉，深情、热烈，像盛大的花事，浓烈、恣意、刻骨铭心。曾经听过一句话：要想知道故乡在你心目中的位置，那就离开。人只有在回望中，才会恍然大悟，原来身边那些熟悉、朴素的风景，最让人魂牵梦萦。

时序如花绽放，在《盛开在时光深处的花朵》中，生活的美好渐次开启。读程煜的文章，如嗅花香，香气是沙枣花，细碎、浓郁，芳香独特，唤醒夏天。程煜的文章朴素，像伊犁一场一场的花事，朴素里的盛大，让人过目不忘。

程煜生在伊犁、长在伊犁，伊犁大地的物候滋养了她。初识程煜是在鲁迅文学院，彼时她已经离开伊犁，在乌鲁木齐工作生活了，但她对伊犁的情感是融在血脉里的，无论她走到哪里，对伊犁的爱永记心怀，早已跨越时空了。一场一场的花事，像人生中无数美好的片段，绚烂、盛大，她欢喜得纯粹，爱得纯粹。

程煜的文章好，好在朴素、好在亲切、好在烟火、好在性情。她笔下一块块条田，流淌着绿意，也流淌着父辈们的汗水，繁重的生活和辛劳里，有他们渗透在土地里乐观的脾性。田埂上采薄荷包饺子、插上一束沙枣花、薰衣草紫色的微笑，一篇篇文章读来，分明看到如花一样的女子，痴醉、雀跃、欢欣，感受到她如花一般的性情，温婉、柔曼、深情。青草返绿，河水欢流，"如果这时候你走过薰衣草田，会惊奇地听到一种唰唰的声音，农人们会说那是薰衣草在唱歌。她们用这种独特的歌舞来迎接春天的盛宴。"这样的歌声也只有心怀美好与诗意的人才听得到。

在田野间、在林带里，蒲公英是最寻常不过的事物，它们实在太朴素，太熟悉了，程煜却在世俗生活中写出烟火里的诗意。蒲公英那一顶顶小白伞，一朵朵小黄花，曾经装点过童年的梦，如今又成了她杯中的茶，带着一丝淡淡的苦，舒缓劳乏。一株在水泥地上探出头的马齿苋让她欢喜，内心的感动与幸福，如一盏灯火，让人眼前明亮，忽然绿意葱茏。人生过半，生活并不容易，程煜的文章还能保持纯粹与本真，殊为难得。

与程煜相处久了，会为她的深情和痴迷所感动。程煜是伊犁人，是兵团人，更是爱花的女人，温婉亲切如邻家女孩，她身上有小女人的欢喜与浪漫，文章里却有倔强，有生长，有坚韧，有气象。程煜到底气象不同，这气象是磊落，是正大，是光明，是朴素，是通透，亦是她文章的气韵。

程煜对伊犁的热爱，对兵团的热爱，是无法替代的。我们看到根植在田野里一片又一片的紫色花海，浪漫迷人，在她眼中却是父辈们的精神指向。"她在戈壁荒滩扎根，惊开了亘古荒原沉睡千年的梦；她在天山脚下生长，敛聚了雪峰的雄浑之气；她在西部边陲盛开，继承了万千军垦战士戍守边关的使命；她在冰天雪地中坚守，只为曾经的誓言；她在烈日骄阳下盛开，给世界献上最美的花朵和最浓的精华……"向着薰衣草的方向，是兵团农垦精神的延伸，是兵团人对土地不屈的拼搏、热爱与守望。

《盛开在时光深处的花朵》中有些文章感怀伤逝，有低婉的哀伤，却又有灵光一现的豁达，读来心神为之一荡：

> 七十年来，她们散落在新疆兵团大地的角角落落，让这些曾经充满荒凉基调的荒原、大漠、戈壁滩，因为有了女性的温润，开出了灿烂的生命之花。
>
> 当黑暗的地窝子传出生命的第一声啼哭，她们生命的根须便往脚下的盐碱地、荒漠更深处推进。当排排兵营式房屋房前屋后传来孩子们欢乐的嬉戏声，她们生命的根脉已经牢牢地深植于脚下的土地中。兵团大地，因为有了她们，变得更加多彩、更加生动、更加丰富。

在时光的回望中，想起逝去的婆婆，往事难以释怀，那抹淡淡的忧伤在她笔尖一转，化为对婆婆那一代女兵们光辉岁月的礼赞，沙枣花弥漫在角落里的芬芳，如同一代人的芳华，那样的青春永在。

时光逝去，而永不老去的是爱，这样的爱让她心有执念，那是兵团人融在血脉里的气象和深情。根植于血脉的情与爱，让她独树一帜，无论行走到哪里，都从未远离。

2022 年 7 月 5 日于库尔勒

盛开在时光深处的花朵

不到新疆不知祖国之大，不到伊犁不知新疆之美。

新疆，以苍凉大漠、无垠戈壁、美丽草原、连绵雪峰、奔腾大河、多元文化、奇特民俗，令世人惊叹。

而伊犁，不仅有大漠、戈壁、草原、雪峰、大河、多元文化、奇特民俗，还有一场又一场盛开在草原、田野、山间、湖边的盛大花事。她像一位蒙着纱丽的异域美女，吸引你不断地走向她，走向她的心灵深处。

对于出生、成长在伊犁的我来说，对

伊犁的爱已经深深地融入血液中、生命中。因为热爱伊犁，也热爱这里的一草一木、一山一水。因为喜欢植物，也更加关注这片大地上的各种花事。当一场又一场盛大花事开幕，点亮的不仅仅是我们单一的生活，还有我们日渐麻木、委顿的心灵。于是，就有了给这些花写点文字的愿望。

从伊犁大地上最早开的杏花说起，桃花、苹果花、梨花等各种果树的花儿不断，还有让伊犁闻名于全国的薰衣草花、薄荷花，以及大面积种植的油菜、香紫苏、亚麻、马铃薯、水稻等作物的花，这些作物是伊犁的主要农作物，但在它们的花期，那一望无际盛开的黄色、白色、紫色、蓝色的花，成为伊犁大地一道道奇丽的风景，那些山山水水，养育了无数灿烂的花朵，也成就了一个又一个"中国最美田园"，让伊犁成为国内外游客向往的天堂。

应该说，生活在伊犁是一种幸福。不仅仅因为看也看不过来的花事，还因为蓝天、白云、碧水、绿树，还有看也看不够的草原、看也看不够的河流、看也看不够的家园。每一个草原，都盛开着无数野花，它们用自己的色彩装点草原，让草原五彩斑斓。每一个家园，都被花的芬芳包围，让每一个平常的日子浸润在鲜花的芬芳中。每一个季节，都有花的不同风姿，如同不同人生季节的故事，丰盈我们的漫长人生。

在这样一个时时处处盛开花朵的地方，你可以握住爱人的手一起漫步草原，让掌心的温暖穿越人生的苍茫，也可以静坐伊犁河畔独自欣赏芦花飞舞，任阳光暖暖地打在背上，还可以和三五好友一起跋山涉水找寻梦中的花海，让如花笑靥抚平路途的艰辛。

人生漫长，漫长得我们望不见终点，无法预知下一个拐弯处会遇见什么样的风景、什么样的人。人生短暂，短暂得我们还没来得及整理行装梳理思绪，已走在长路的中途。时间，就这样不容我们细细思量急急忙忙走过，成为身后只能怀想的时光。有时候，跌落在这样的时光里，也是一种简单的幸福。而在伊犁，你可以轻易地找到这样的幸福。

我们握不住匆忙疾走的时光，那些曾经走过的路、越过的河、看过的风景，都停留在那里，任由岁月风干成过往。而我，站在时间之外怀想伊犁，即便是隔着千里的时空，温暖依旧。那些盛开在时光深处的花朵，点亮了一段岁月，温暖了一段生命，厚重了一段人生。

伊犁，我在一朵花的成长里守候你，我在一朵花的盛开里回望你，我在一朵花的梦呓中思念你。我在一朵花的时间里沉睡抑或醒来，用一朵花的芬芳沉醉今生。

就让那盛开在时光深处的花朵，在记忆的长河中温暖未来的苍茫岁月吧。

2022 年 3 月

目　录

四月芳菲杏花美

　　伊犁的春天，是在漫山遍野浪漫盛开的杏花中来到的。

　　在亚欧大陆有名的"湿岛"——伊犁，一进入四月，春的气息一日浓过一日。春风拂过，山野草色渐浓，蒙蒙细雨落处，灼灼杏花悄然盛开，使这里少了一些边塞的粗犷，多了一份江南的秀美。

　　杏花是伊犁最为常见的果花之一，在伊宁县、霍城县、新源县、察布查尔锡伯自治县等地，随处可见杏花灼然开放的身姿，尤其是新源县吐尔根乡的野杏花沟最为出名，每年四月中旬，来自全国各地的游客、摄影家跋山涉水，不远万里追寻这片远山深处的静谧"杏花源"，一睹野杏花的绝世芳姿，感受大自然给人类的慷慨馈赠。

　　吐尔根乡位于巩乃斯草原腹地，距新源县城东北十八公里，北靠阿热勒山南坡，吐尔根河从山口向南流出。"吐尔根"，蒙古语，意为"水流湍急的河"。天然野生杏花沟距 218 国道三公里，是伊犁最大的原始野杏林，面积三万多亩，因山地河谷的冬季逆温气候而遗存下来，是我国野杏林集中地之一。

每年四月中旬，是杏花沟最美的时节。绵延不绝的山坡上绿茵如毯，集中成片的野杏林随着山坡高低起伏的地势延展开，远远望去，层层叠叠的杏花粉红雪白，灿若云

霞。与江南春雨杏花不同的是，这里纷纷繁繁的杏花背后
是绵延千里的雪山银峰，馥郁柔美的花朵与伟岸险峻的雪
峰形成鲜明的对比，大气磅礴，震撼人心。整个山谷像一
幅巨大的水粉画，色彩秾丽，层次分明。置身其中，宛若
人间仙境。

　　穿行在弥漫着花香的山谷中，间或可见三三两两的野

杏树静静地矗立在向阳的山坡上，清晨的阳光暖暖地铺洒在山谷中，不同光照下的花朵折射着阳光七彩的流韵，草地上散落着星星点点的牛羊，偶尔可见骑马的哈萨克巴郎慢悠悠地走过，不远处静静地卧着一个两个白色的毡房，晨光中缕缕炊烟袅袅升起，早起的哈萨克姑娘忙碌地烧着奶茶，神色安然恬静。时间在这里似乎有意放慢了脚步。

漫步山坡，迎面而来的山风送来杏花清新的香味，夹杂着青草新鲜的味道，沁人心脾。微风吹过，树枝轻轻摇曳，花朵随风飘舞。站在树下，纷纷扬扬的花瓣轻落在头上、身上，仿佛呢喃低语，诉说着依依的不舍。

如果说一枝杏花含香吐蕊惹人怜爱，那么，漫山遍野的杏花林绘就的云霞，则有一种直击心底的绮丽之美，动人心魄。大美背后是沉默的积蕴，那些风刀霜剑、骤风疾雨、闪电鸣雷，乃至遍体鳞伤，都是生命中必然的收获。千百年来，野山杏花就这样寂寞盛开，花朵在风中传递生命的味道，果实在地下延伸生命的力量，花开花落，年复一年。最终，成就了这旷世的奇美。

野山杏花的花期只有短暂的一周，不日便是落英缤纷的场景。山坡上落花遍野，零落成泥。山涧小溪里漂满了粉白的花瓣，随着淙淙流水流向远方。有道是韶光易逝，但缤纷的落英里蕴藏着一个个果实，在时光深处等待着成熟。

芳菲四月，相约赏花，给自己一个浪漫的春天。

阿力玛里杏花香

　　伊犁的春天，是在漫山遍野浪漫盛开的粉白、粉红的杏花中来到的。

　　杏花是伊犁最为常见的果花之一，在被誉为"中国树上干杏之乡"的六十一团（阿力玛里），每年初春，上千亩连片杏花的盛大开放，吸引了八方游客不远千里追寻这醉人的"杏花源"，一睹树上干杏杏花的芳姿。

　　清晨的春风里略微有些寒意，从连霍高速公路六十一团路口下来，往北进入通往团场的主干道，远远便可望见坐落在婆罗科努山脚下的阿力玛里，果林环绕，楼房鳞次栉比，在雪峰的映衬下别有一番独特景致。宽阔平坦的道路两旁或是笔直的白杨，或是平整的田地，或是初绽生机的果园，更有那满树竞相怒放的雪白杏花，惊起人们一波又一波的赞叹。

　　"阿力玛里"，史书上又作"阿里马""阿里麻里"，意

为苹果城,曾为元代察合台汗国首府,是历史上有名的繁华城市,极盛时期,整个城池周长约五十里,仅东西就达十里,被西方誉为"中亚乐园",欧洲人还称其为"中央帝国之都"。蒙古汗国重臣耶律楚材所撰《西游录》中称:"西人目林檎曰阿里马,附郭皆林檎园囿,由此名焉。附庸城邑八九。多蒲萄、梨果。播种五谷,一如中原。"

春来杏花如雪、桃花如霞,夏季杏黄果香、令人垂涎,金秋果香四溢、八方客来。正如六十一团团歌《阿力玛里,我的家乡》中所唱的:"古道入云端 / 绿荫满山冈 / 果品甲天下 / 四季好风光……雪山清泉涌 / 片片五谷香 / 山下浮炊烟 / 云中见牛羊……"如今的阿力玛里,经过几代兵团战士的辛勤付出,已经成为一个经济发展、社会稳定、商贸繁荣、四季果香四溢、人民安居乐业的丝路重镇,也是闻名疆内外的水果之乡,特别是当地盛产的树上干杏(又称"吊死干")皮薄肉厚仁香,营养丰富,在全国享有盛誉,成为当地人们馈赠亲朋的佳品。

沿着宽阔平坦的主干道向西行进,一路上随处可见路两边数百亩、上千亩的杏园、桃园,正值杏花盛开时节,一片片茂密的杏林繁花盛开,洁白粉嫩,娇艳可人,微风吹过,落英缤纷,香飘数里。路边停了不少游人的车,杏林里人影晃动,不时传来欢声笑语,人们有的聚精会神对着繁花拍照,有的跟家人朋友合影,有的在林中漫步,尽情欣赏着这难得的美景。

一行行高大的杏树,枝丫在空中恣意生长,相接相连,形成了茂密的拱形。杏花盛开,如云霞落枝。穿行其中,花香弥漫,沁人心脾,引来蜂蝶无数。

　　来到阿力玛里，呼尔赛旱田山不可不去。"呼尔赛"，哈萨克语意为"没有水的地方"。若干年前我去过呼尔赛旱田山，绵延不绝的光秃秃的山头，满眼土黄色，车行过，身后留下久久不散的黄色烟尘，留给我的是无尽的荒凉感。

　　仅仅时隔数年，呈现在我眼前的是漫山遍野含苞待放的杏花。那些在记忆中曾经干旱、荒芜、寂寞、缺少生命色彩的山坡，如今已是果林郁郁，花香袭人。一栋栋红屋

顶砖房在果林中若隐若现，给一片片山坡增添了无限生机。

如今的呼尔赛，春来繁花似锦，夏来果香四溢，金秋"金果"累累，成为充满希望和欢乐的花果山。

在农人疼爱的目光中，所有的杏花集中绽放，春风中的花朵，传递着生命的芳香。即便一周后就落英缤纷，但我看见缤纷落英里的无数果实，正在欣喜地奔向金秋。

稻花香里说丰年

"稻花香里说丰年，听取蛙声一片"，这是江南象征农业丰收最经典的意象。诗句中所描绘的田园之美、丰收之美，是独一无二的中国式的，也是打着标签的江南式的。

水稻花很微小，很不起眼，所以也总是为农人以外的人所疏忽。当记者这么多年，我关注了伊犁盛开的很多花事，却从没有认真地研究过稻花。今天，我为自己曾经的疏忽感到惭愧。

据专家介绍，水稻花为疏散圆锥花序，花序由小穗组成，每一小穗有三朵颖花，但只有中间一朵能发育成谷粒，另外两朵则会退化。

水稻开花期是水稻一个重要的生理过程。水稻在抽穗后的当天或延迟一至两天就会开花，一般是上午九点至下午两点，中午开花最盛。

在我的记忆中，被称为"塞外江南"的家乡——新疆

伊犁，虽然也有林立雪峰、起伏山峦、戈壁荒漠、青碧草原，但伊犁河这条母亲河滋润了两岸，丰润了当地气候，让河谷成为五谷丰登的江南。

在伊犁河南岸的兵团第四师六十八团气候温润、水土肥沃，适宜种植水稻，每年种植水稻十万亩左右。近年来，团场在引进新品种，打造稻米品牌，发展稻虾、稻蟹生态种养的基础上，大力发展以稻田观光为主的乡村旅游产业。

从五月开始，就是伊犁稻农插秧的季节。

春末夏初，嫩绿的秧苗一株株站立在水田中，展开了一株水稻在人世间的生命画卷。河谷两岸，绿油油的稻田一望无际，如绿色的绸带铺陈着生命的蓬勃。

如果此时，你来到占地上千亩的六十八团长丰稻作文化景区，登上观光塔，就可以将气势磅礴的巨型稻田画尽收眼底。

这里有献给"七一"建党节的党徽图案，巨大的用黄色水稻种成的"党徽"，在碧绿稻田的映衬下熠熠生辉，格外醒目；有承载着各族职工群众乡村振兴愿望的"和谐号"图案；有反映各族职工群众拼搏奋斗的"三牛精神"图

案……都是以黄、紫、绿三色水稻为"颜料"栽种而成，蔚为壮观。

坐上小火车，穿行在广袤的绿色稻田间，夹杂着稻禾清香的微风轻轻拂过脸颊，令人心旷神怡。人在画中，画在心中，美丽的田园风光令人沉醉其中，流连忘返。

水稻种植，在今天已经不是简单意义的种植劳作，而成了一种现代农业文化的载体。

分蘖、拔节、孕穗、抽穗。两个多月的时间，禾苗就完成了这些成长过程。

稻田里，不仅仅有禾苗，还有一只只麻鸭苗、一只只螃蟹苗。不同物种之间和谐相处，稻田是它们的乐园，也是它们成长的家园。那是长久以来中国农人摸索出的农业生产与生态养护的完美结合。

有的稻田里，一只只麻鸭在惬意地钻来钻去，一边用两只脚掌在水深处娴熟地划着，一边敏锐地搜寻着田间和水里的昆虫。有的稻田里，一只只螃蟹、一尾尾虾苗在水中自由嬉戏，苗壮的水稻成了它们"藏猫猫"的庇护所。

夜晚，月明星稀，天空疏朗。稻田缓缓释放着白天吸

收的阳光的热度，水温舒适，麻鸭们早已回家休憩，螃蟹们也已歇息。而此时，密集的蛙鸣和虫鸣唱和着，如同悠扬的乡间舞曲，拉开田园的夜幕。

在伊犁，水稻的扬花期在七月底。稻花不同于伊犁其他花期较长的花，它的花期很短暂，单穗扬花期约五天，单株扬花期约十天，整个条田的水稻扬花期一般在一周左右。

扬花授粉之后，就进入八月中旬的灌浆期。二十天之后，水稻就开始进入收获期。

金色的朝阳下，一片片广袤的稻田平坦开阔，金色稻浪随风起伏，如同金色海洋。稻花飘香的季节已过，而此时弥漫在稻田里的是稻谷即将成熟的清香。

小时候我以为只有伊犁种水稻，伊犁产的大米是世界上最香的大米。长大以后才知道，原来南疆温宿、乌鲁木齐米泉的大米也是新疆有名的大米。后来这三个地方就成为新疆最有名的三大水稻种植产区，即米泉县（现合并为米东区）、察布查尔锡伯自治县、温宿县。

再后来，因为六十八团水稻种植在全疆名气渐盛，而我多次采写当地水稻种植业的新闻，很骄傲团场产出的大米能够享誉全疆、走向全国。尤其是 2011 年原农业部批准对"六十八团大米"实施农产品地理标志登记保护、六十八团被评为"中国美丽田园"后，我对家乡的自豪感更强了。这里的职工也因为种植水稻过上了富足的生活。

新疆日照时间长，种植水稻一年一季，水稻生长期长，光照充足，充分吸收阳光雨露和土壤中的养分，出产的大米非常好吃。

　　新疆水稻种植的历史源远流长，经考古专家考证，早在两千多年前汉代南疆就引种了粳稻。到了清朝，水稻种植在全疆各地更为普遍。

　　清光绪三十四年（1908）编修的《温宿县乡土志》载：温宿大米"较各城所产米质量最佳"。"米产阿克苏者良，粒长色白，味甘而糯，精凿于东南杭米之上"。也就是说，南疆温宿（原地名阿克苏）产的大米比杭州的大米品质还要好。

　　金秋九月，秋风送爽。天山南北，处处洋溢着丰收的喜悦。除哈密市、吐鲁番市外，遍布十二个地州的八十余万亩稻田身披金甲，沉甸甸的稻穗低垂着头，农人们正在欢喜地收获饱满的稻谷，一幅幅江南鱼米之乡的景象随处

可见。

　　小时候经常听父亲说"低头的是稻穗，仰头的是稗子"，以此来教育我们要保持谦虚低调的作风，后来长大了，逐渐明白"人生如稻"。

　　童年少年时，我们就是那些嫩绿的秧苗。及至拔节、抽穗的青春时代，是我们汲取营养茁壮成长的关键时期。而到了人生的秋天，饱满的稻穗会让我们弯下腰，虔诚地面向大地，感激大地母亲的赐予。

　　所有的一切，来自大地，也终将回归大地，如同这一株株水稻，唱响的是生命永恒的赞歌。

高原上那朵勿忘我

进入盛夏的昭苏高原，仿佛撞进了一个世外桃源，展现一个碧草和鲜花的世界。尤其是雨后，鲜亮亮的绿色深深浅浅地伸向天际，五彩缤纷的山花烂漫盛开，金黄的灯盏花、洁白的野百合，以及许多不知名的花儿热烈地开放着。

车子走近连绵不绝的沙尔套山脚下，突然前方山坡上浮现一片片淡蓝色的"云彩"，远远望去，犹如伊人遗落在草原上的一方丝巾。与鲜艳热烈的野花相比，她是那样的安静、朴素。

同行的七十七团林场负责人说，这种花叫勿忘我，生长在海拔较高的地方，不惧风雨，不怕骄阳，并且是一丛丛、一片片地集中连片生长，山坡上只要有她，便不会有裸露的岩石和土地。

"勿忘我"，原来这就是勿忘我。早就知道花名，但却

一直不识真面目。我急急下车向山坡上那片勿忘我奔去。

　　勿忘我长得并不高大，枝叶丛生，叶片细小而厚实，灰绿色，茎秆上发多枝，枝上花朵细密，顶上的花朵还未开完，下面的花蕾已然初绽。每朵花都有五个花瓣，呈圆形，大小如米粒，看上去细小、单薄、弱不禁风，但却倔强地立在风中。近看清淡的蓝色近乎白色，然而，一丛丛花挤挤挨挨在一起，便成了一片淡蓝色的云霞，蔚为壮观。

　　沿河上行，我们走进了位于沙尔套山脚下的哈桑边防连。"哈桑"是蒙古语，意为"狭窄"。连里的战士们说，他们自己总结这里的气候是"冬长无夏天，春秋紧相连，山区多雷雹，河谷有严寒"。别说还挺押韵的。这里山势陡峭，地势险峻，沟多林密，夏季景色奇丽，但也给战士们巡逻执勤带来了许多困难。

　　哈桑是有名的风口，战士们自己编了句顺口溜形容这里的风之多、之大："一年一场风，从春吹到冬。"在这里每天晚上九点至第二天中午十二点都会刮西北风，有时风力高达十二级。今年三十一岁的边防连指导员孙亚兵说，因为风大，连队没有长直的树，所有的树都是朝东南方向长的，成为边防连独特的一景。这里的战士一年四季都得穿着皮大衣执勤。

　　因为哈桑边防连条件艰苦，边防官兵们长年生活在潮湿寒冷的地方，很多人都患上了风湿、腰痛、静脉曲张等病。因为这里水质不好，不少人还得了肾结石。2006年上级出资为边防连打井，结果打了两百米都没有打出合格的水源，后来只好给边防连配备了净水器，解决了这一困扰官兵们多年的难题。即便是如此恶劣的自然条件，边防官

兵们也无怨无悔地长年驻守在边境线上，保家卫国，为人民的幸福安宁默默地奉献着青春、汗水乃至生命。

在我刚踏入新闻行业的时候，有幸跟随两位老记者来到哈桑边防连采访。当时我们一行要深入被人们誉为"雪海孤岛"的哨所——康苏沟哨所采访。

"康苏"是蒙古语，意为"宽阔"。这里曾是古代通往哈萨克斯坦的一个通道，山势险峻，密林丛生，没有人烟，只有窄窄的牧道通往哨所，所有给养全靠牛驮马拉。哨所最早的房子是战士们自己挖的冬窝子，战士们靠烧牛粪做饭、取暖。

　　1973 年 4 月，这里一连下了近半个月的大雨，哨所的战士断粮十二天，生命危在旦夕。边防连副连长徐全智主动要求到哨所送给养，没想到平日温顺的康苏河此时却水位高涨，水流湍急，挡住了他的去路。为了不打湿面粉，徐全智将面粉袋子扛在肩上过河，却被湍急的水流无情地吞噬，牺牲时年仅二十八岁。

　　考虑到去康苏沟哨所的路途特别艰难，加之我又是女士，并且从未骑过马，边防连给我安排了一匹叫"俄罗斯"的老马。就是这一次之缘，让我对"俄罗斯"有了永生难忘的敬重和怀念。

　　"俄罗斯"血统纯正、身材高大、性格温顺，是边防战士的亲密战友。二十世纪八十年代末、九十年代初，边防连的条件还比较艰苦，战士们吃水要到一公里外的"一桶泉"去拉，到那里全是上坡的羊肠小道。刚开始，战士们牵着"俄罗斯"走到"一桶泉"，将装满水的桶放在它的背上，再牵着它回到哨所。

　　不久后，颇通人性的"俄罗斯"就记住了路，战士们只需在"一桶泉"将装满水的桶放在它的背上，它就会稳稳地将水驮回哨所，为战士们节省了不少时间和精力。

　　由于"俄罗斯"非常聪明、善解人意，很受战士们喜欢。一般军马十二至十五年就必须退役，可战士们都不舍得让"俄罗斯"退役，"俄罗斯"一直在边防连工作到生命的最后一刻。如今，"俄罗斯"的名字和事迹被载入哈桑边防连的连史中。

　　虽然是第一次见我，但通人性的"俄罗斯"看到边防战士们对我亲热的态度，也大致明白是怎么回事了。它安

静地站在那儿，等待我跨上马鞍。我战战兢兢地跨上"俄罗斯"宽阔的背脊，从没有骑过马的我，按照战士们的指点用腿夹紧马腹，开始人生的第一次马背之行。

"俄罗斯"步履稳健，脾气温顺，一段时间后我紧张的心渐渐放松下来，按照战士们教我的方法，双腿用力夹马肚子。懂事的"俄罗斯"明白这是让它加快速度的指令，慢慢地放开步子跑起来。随着我与"俄罗斯"逐渐熟悉，我们配合得越来越好，"俄罗斯"奔跑的速度越来越快。清凉的风从我的耳边吹过，丛林、草原快速从眼前掠过，那种漫步云端的感觉妙不可言。

在哈桑边防连，有一位非常出名的猪倌——曹建平。曹建平是浙江平湖人，2002年入伍前是一名个体小老板，年收入十多万元，因为想在军营里锻炼一下，丰富自己的人生阅历，他报名参了军。令他没想到的是，他刚分到哈桑边防连就当了一名猪倌。尽管心里很委屈，但生性要强的他没有讲条件，服从组织安排。由于勤学习、好钻研，他喂的猪长得快、出肉率高。他同时还承担着种菜、养鸡、养鹅等工作，每一项工作他都干得非常好。普通人家养的鸡冬天不下蛋，而曹建平养的鸡冬天会下蛋，听说此事的人都啧啧称奇。这是因为曹建平经过仔细观察、试验发现，只要冬天不让鸡吃雪，并加强营养，产蛋就不会受到影响。

因为工作出色，曹建平被新疆军区授予二等功。当班长后因为带兵带得好，他又被新疆军区评为"标兵班长"，再次荣立二等功。由于表现突出，曹建平被部队保送到西安陆军学院上学，毕业后同学们都劝他留在陕西，但他坚持回疆，并主动要求回到哈桑边防连。他说，人要有一颗

感恩的心，是连队培养了我，我要回到连队继续戍守边防。

　　在哈桑边防连成立半个世纪的历史中，留下了边防战士无数可歌可泣、感人肺腑的事迹。这些真实发生过的故事，一次次撞击着我的心灵。走出哈桑边防连，再次看到山坡上那片美丽的勿忘我，突然觉得，无数可爱的边防战士们就像这一株株迎风傲立的勿忘我，默默地戍守在祖国的边境线上，不惧风雨，不怕严寒。

　　车子越走越远，可山坡上那片美丽的勿忘我却永远盛开在我的生命中。

又见勿忘我

伊犁，总会在不经意间给你惊喜，给你馈赠，让你终生牵挂这个神奇的大美之地。那一年端午节在伊犁草原上见到的勿忘我，是我此生至今见过的最为壮观的勿忘我花海。

那年春季的雨水特别充沛，伊犁大大小小的草原、山坡早早便绿意盎然、鲜花盛开。往昭苏大草原行进的路上，道路两旁的山坡上开满了各种野花，一片一片的蓝色勿忘我，远远看去像一片片淡蓝色的轻纱覆盖在茂盛的草丛上，使起起伏伏的山坡更加妩媚。

车行至昭苏军马场附近，忽然见路旁山坡上满是盛开的勿忘我，茂盛之状令人惊艳。长这么大，还从未见过开得如此好的勿忘我，我迫不及待地下车奔向山坡。

在昭苏的花事中，最盛大的莫过于随处可见的油菜花，常常是数万亩的金色条田与绿色麦田黄绿相间，如同壮观的彩色织锦。而今天，这片蓝色勿忘我花海，让我眼中的昭苏有了另一番景致。

整个山坡全是盛开的勿忘我，密密匝匝，如人工种植的一般，中间星星点点地点缀着金黄的野油菜花。勿忘我茎秆细弱，叶片狭长，五片花瓣中间有一圈淡黄色花蕊，在花枝顶端往往有四五朵花簇拥在一起，娇弱的样子看上去惹人怜爱。

一向矜持的我，也忍不住躺在这花海中，与大地与花朵亲密接触。天空湛蓝湛蓝的，几朵白云悠闲地浮在空中，置身花丛中，无边的幸福充溢心间，恨不得时间就停留在此刻。

因为勿忘我植株矮小，只有趴在地上才能拍摄到蓝天、白云，还有若隐若现的油菜花。匍匐在大地上，心里充满了感动，这大自然的丰厚馈赠，我们如何回报？

勿忘我，又名勿忘草，属紫草科勿忘草属，分布于伊朗、俄罗斯、巴基斯坦、印度等国以及中国大陆的西北、华北、东北等地，生长于海拔二百米至四千二百米的地区，多生于山地林缘、山坡、林下以及山谷草地。花的颜色除蓝、白、红外，也有黄、紫、橙，勿忘我甚至有复色品种。

勿忘我本身有"永恒"的意味，虽然外形似纸花，但却历来被人们视为"花中情种"，据说在水中瓶插可以保持七至十四天，干花可以保持一年，故亦有人称之为"不凋花"，亦称"相思草"，常用于青年男女互赠表达情意。

勿忘我的名称来自一个悲剧性的爱情故事。相传一位德国骑士跟他的恋人散步在多瑙河畔，骑士看见河畔绽放着一种蓝色的小花，便不顾生命危险探身摘花，不料失足掉入急流中。自知无法获救的骑士说了一句"别忘记我"，便把那束蓝色的花扔向恋人，随即消失在水中。此后，骑士的恋人日夜将蓝色小花佩戴在发际，以示对爱人的不忘与忠贞。从此，这种蓝色小花便被人称为"勿忘我"。

蓝色勿忘我的花语是"永恒不变的爱，深情"，将其制成干花后，颜色长久不褪，很适合夹在书中做书签或作为定情信物。在德国、意大利、英国各地，有许多作家将勿

忘我作为描述相思与痴情的植物。人们认为，只要将勿忘我带在身上，恋人就会将自己铭记于心、永远不忘。

在欧洲，勿忘我生长在水边。而在中国新疆伊犁，这种蓝色小花生长在向阳的山坡上，耐盐碱干旱，只要雨水充沛，便会连片繁殖盛开。自小生长在连队的我，常见小河边、树林里、山坡上生长着这种花，只不过不知道它的名称而已。那时候看到的勿忘我是一小簇一小簇的，没有昭苏草原这样大片大片、一个山坡一个山坡盛开得如此壮观。

现在想来，那是因为连队没有草原，没有勿忘我连片生长繁殖的空间。大草原的博大胸怀，容纳了勿忘我的成长，给了它丛生的平台。虽然昭苏高原近些年气候干旱，但只要有一点雨水，这些耐盐碱耐干旱的花儿便会努力生长，不辜负脚下的大地和草原的恩情。灿烂地盛开，就是它们对草原最好的回报。

五月初，再次回到伊犁，发现伊宁市开发区大街两边的绿化带没了郁金香华丽娇贵的身影，取而代之的是一丛丛盛开的蓝色勿忘我，像一条条蓝色的纱巾，围绕在城市的颈间，柔美、温馨、浪漫。

不禁感慨：来自大草原、来自山野间的勿忘我，不仅是低成本的美，还是耐严寒耐风霜令人不费心的美。而在祖国西部遥远的边陲小城，这些来自本土的勿忘我，也许是这里最美最合适的装点。

果花深处阿力玛里

　　四月春深，伊犁州作协和四师作协组织本土作家赴六十一团阿力玛里走基层、接地气、赏果花。阿力玛里的千亩杏花早已开过，千亩桃花即将凋零，风景于我没有太大的吸引，只想能够抽空和文友们相见小聚是一件开心的事。

　　一进入通往阿力玛里的柏油路，远远望去，天山支脉婆罗科努山巍峨耸立，连绵起伏，虽是春天，山上依然是白雪冠顶，坐落在山脚下的阿力玛里俨然一座美丽的城镇，绿树成荫，鲜花盛开，花香四溢。

　　突然，车上有人惊呼起来："看哪！桃花！黄花！"我们顺着他手指的方向向右边看，天哪！路边的果园里一片粉红桃花，更令人惊奇的是树下金灿灿的一片黄花，犹如厚厚的金色地毯！在大家的强烈要求下，四师作协主席蒋晓华临时调整安排，停车让大家赏会儿花、拍拍照。

　　车门一打开，大家迫不及待地冲下车，连蹦带跳地冲进果园。走近一看，才知道这金色的毯子竟然是遍地盛开的蒲公英花。我从小生长在团场连队，蒲公英花是常见的，也看过连片盛开的蒲公英花，但面积如此之大、如此茂密、如此灿烂的场景还是第一次见。

　　果园里是不太大的桃树，枝头的花朵零零星星，点点桃红虽然色彩微弱，但却让刚刚冒出新叶的桃枝更加生机勃勃。令人惊诧的是地面上铺满的金色蒲公英花，密密匝匝，汇成金色的花海，那色彩亮得人心里瞬间迷乱，不知所措。

　　头顶上是浅浅的粉，脚下是灿烂的黄，枝头的新绿虽少，透过枝头的大片湛蓝天空更增添了画面的美。大家急切地入镜拍照，有的或坐或躺在地上惬意地拍照，有的三三两两合影，有的独自找寻美景聚精会神拍照，忙得不亦乐乎。两位身着白色长裙的文友在黄花绿树的映衬下更为靓丽，大家争相与其合影。

　　清新的空气中散发着浓郁的花香，分不清是桃花的还是蒲公英花的，蜜蜂、蝴蝶穿梭在花丛中，丝毫不在乎人们的介入。

　　在领队的一再催促和"后面的果园更美丽"的诱惑下，人们才恋恋不舍地离开果园上车。车子载着我们飞驰，路两旁掠过的是一个个美丽的果园，在大家的惊呼声中，领队带我们来到路旁的另一个果园。车未停稳，人们已经迫不及待地跳下车，冲向红白黄秾丽色彩相间的果园。

　　这是一片桃树、苹果树混栽的果园。靠近公路的是一片桃树，刚刚冒出新芽的树上满是怒放的桃花，地面上遍

布金色的蒲公英花。虽然刚刚从上一个果园里出来，但这里令人震撼的美景对大家的诱惑还是那么强烈，众人惊叹、拍照、留影，或坐在果树下，或站在果树旁，或单人秀，或三五合影，乐此不疲。

往里走走，便是一片桃树和苹果树混合栽种的区域，红艳艳的桃花在洁白的苹果花的映衬下更加艳丽。蓝天做背景，绿树红花白花相间，坐在厚如绒毯的地上，闻着花香，听着鸟鸣，那份喜悦无以言表，只盼时光静止。

再往里走是一片苹果树，满树洁白的苹果花，层层叠叠，花瓣上间或泛着淡淡粉色，鹅黄的花蕊散发着馥郁的香气，引得林间蜂蝶飞舞穿梭。林间一位老妇牵着两只山羊慢慢踱步，与其说她牵着羊，不如说她被羊牵着走。慢慢啃着地上蒲公英的山羊很好奇为啥它的领地突然来了这么多人，吃几口草便抬头看看忙不迭的我们，不可思议地摇摇头又去吃草了。

　　阿力玛里，从中学时代至今，我去过无数次，每个季节有不同韵致的美，但最让我心灵震撼的却是这次的赏花之旅，真不愧"中国美丽田园"的称号。拥有这样美丽的家园，我们是何其幸福啊。

昭苏大地上的金色诗行

　　昭苏，是一块神奇而丰美的大地，在这块大地上徜徉最多的带着黑土地芬芳的词汇是油菜花、小麦、马铃薯等。是人们熟稔得不能再熟稔的。这些词汇，不仅在昭苏这块黑土地上随意溜达，更是每天穿梭在人们的日常生活中，普通得不能再普通，平凡得不能再平凡。然而，当你把这些词汇与昭苏这块大地联系在一起时，与昭苏这块色彩秾丽、线条生动的辉煌大地联系在一起时，这些平平无奇的词汇便无比生动、无比灿烂、无比灵动起来。

　　油菜花，是昭苏大地最具诱惑力的词汇。喜爱旅游、对伊犁旅游资源稍有些常识的人都知道，油菜花对昭苏乃至伊犁意味着什么。

　　那一望无际、起伏飘逸的金色，随着大地延伸向天山雪峰脚下，沿着蜿蜒的国境线徐徐铺开，这是生活在这块热土上的人们给大地最美的描绘，也是大地给人类最优美

的诗行。

昭苏大地种植油菜的历史无从考证，但事实证明，油菜是最让这块黑土地丰腴而生动的一种植物。我把它称作一种植物而不是作物，是从人文的意义上隐去了它在农业上和经济上的色彩。因为，它是一种极普通的植物，但却是这块土地上最让人产生灵感的植物，它对人心灵的穿透力、震撼力和影响力无与伦比。

昭苏是新疆重要的粮油基地，土地辽阔，气候属高原冷凉气候，冬长夏短，主要种植小麦、油菜等粮油作物。

　　盛夏七月，金色的油菜花海铺满昭苏大地。而此时，也是春小麦长势最旺的时候，一望无际的大地被这两种颜色主宰，金黄与翠绿交织的锦缎成了夏季昭苏最美的外衣。

　　于是，每年夏季壮观的油菜花海成了这里独特的景观。国内外许多游客为了一览这一年一度壮美的景色，不远万里从四面八方奔向昭苏高原。不久前，昭苏垦区七十六团的十万亩油菜花景观入选"中国美丽田园"十大油菜花景观，这是对这一景观的肯定和赞誉。

　　小时候家里有幅非常美的油菜花油画，被父亲很仔细

地用镜框镶起来挂在客厅很多年，那幅画给我的印象非常深刻，惊叹世上还有如此美的风景。

那是一张内地农村的油菜花油画，层层梯田，一缕缕金黄层层叠叠随山势而上，与绿色田块相间，美不胜收，山下河流深静，河流四周是金黄色的油菜花田，一农人撑一叶小舟于水面上。那天地人花的和谐怡然之美，一直震撼和吸引我幼小的心灵，让我无比向往，后来才知道那是皖南农村的油菜花景观。

同样的油菜花，长在不同的大地上，便成就了不同的风光美景，这是大自然的鬼斧神工与人类智慧力量的有机结合。

昭苏大地的辽阔，注定这里的油菜花盛开时形成震撼人心的壮丽景观。银色雪峰，黛色山峦，绿色草原，金色大地，是构成昭苏高原美景的主要元素。所有元素都是大气的厚重的，因而也造就了昭苏景观的气势磅礴。

蓝天白云下，绵延不绝的雪峰下有一片金色油菜花海，一座座红顶白墙的房屋掩映其中，煞是引人注目，一条曲折的小径通往村庄。整个画面唯美至极，新疆的大美与江南的柔美完美结合，辽阔的高原与温馨的田园融为一体。这是昭苏垦区七十六团格登新村的一处景观，也成为昭苏高原油菜花景观中最具有代表性的一幅图画。

这样的美景，看一看都是一种幸福的享受，更别说能够徜徉其中了。我很庆幸自己生活在伊犁，每年夏季都可以前往昭苏，看一看一年来让我魂牵梦萦的大美昭苏。

呼吸着透明的、富含空气负离子的清新空气，穿行在黄绿相间的高原上，仿佛穿行在鲜活的、动态的画廊里。

远处巍峨的天山雪峰沉默不语，静默地注视着你，平坦黑色的柏油路如飘带伸向风光绮丽的远方，任由你欢欣雀跃，把笑声播撒一路。高原的阳光温热地抚摸着你的全身，直抵你的心灵深处，所有的雾霾都随风飘散，你的心境不由自主变得开阔辽远。

从七月初油菜花在茎秆上渐呈微黄开始，昭苏高原的绿色大地上便漂浮着一层淡黄色的轻纱，如果恰逢一场淋漓的夏雨，雨后初霁，那淡黄色的云雾便在大地上缥缈，给人如梦如幻的感觉。

细碎的花蕾在阳光的爱抚下安静地走向盛开，小小的花瓣里蕴含着对这片土地无以言表的感恩之情。于是，阳光愈是热烈，油菜花愈是开得热烈。及至昭苏高原最温暖最美丽的七月中旬，油菜花们集体绽放。

在炙热的阳光下，静静站在这无边的花海中，你可以听见花朵们与阳光的嬉戏声，听见她们与掠过草原的清风的低声交谈，听见她们身体内部噼啪成长的声音，以及她们内心对自然之神威的膜拜。

油菜花以这种集体盛开的盛大舞姿表达对大地的感恩，那一望无际的金黄如上天豪爽泼洒在人间的黄金，那热烈的随风摇曳的绝美舞姿像一道道亮丽的闪电，擦去你心灵上的蒙尘。

那一刻，你无法拒绝一朵花如此热烈如此美好的爱情。

那一刻，你就想站在这花海中，与时空与天地成为永恒。

送你一束薰衣草

　　站在初冬的薰衣草田边，依稀还闻得见那淡淡的香味。

　　冬天来了，薰衣草被农人盖上薄薄一层土做御寒衣被，别看在黑暗之中，她们依然能够呼吸到清新的空气，虽然不能随便走动，但没有游人的打扰，她们可以在这个季节召开盛大的讨论会，激烈地争论明年如何盛开瑰丽的梦想。

　　正是因为这种敞开心扉的交谈，才让她们的躯体更加紧密地依靠在一起取暖。在数九寒冬里，她们是靠那些灿烂盛开的梦想支撑着生命，抵御着严寒。

　　冬日里的风像刀子一样，掠过土层，钻进她们的身体里，那种无人能知的疼痛会钻进皮肤、钻进骨髓，四处游走，好在紧接着赶来的雪花会心疼地为她们盖上厚厚的雪被。

　　没有风的冬日，阳光暖暖地照在雪被上，薰衣草们就会沉睡得更加放松和香甜，安静得如同婴孩。她们睡着了，

甜甜地睡着了，美丽的梦展开羽翼飞翔。

漫长的冬季过去，第一声春雷刚刚响起，惊醒了睡梦中的薰衣草，她们舒展手臂，沿着阳光的影子向上摸索，当拂去身上的覆土后，她们兴奋地面对天空放声歌唱。如果这时候你走过薰衣草田，会惊奇地听到一种唰唰的声音，农人们会说那是薰衣草在唱歌。她们用这种独特的歌舞来迎接春天的盛宴。

带着冰凌的伊犁河水缓缓地流入田中，冰透肌肤的天山雪水却让这些草们精神倍增，骨骼在雪水的滋润下拔节，她们以自己的心灵书写着对这片土地的热爱。

春风吹来了，薰衣草灰褐色的身体开始返绿，绿色像血液般一丝丝地向全身流去，当绿色漫遍全身时，碧绿的叶子就会从她们的身体中钻出来，一片，又一片，尖细却顽强地面对天空。

五月末，田间泛起一层霭霭的绿气，薰衣草迎来了生命的花季，顶着一个个花蕾的草们神情怡然地摇曳着那份从容与恬静，让所有慌乱的心灵沉静下来。

别看薰衣草茎秆纤细，但花蕾却密密匝匝地长了一轮又一轮。微风吹来，她们互相拍打着，兴奋地交谈着。伊犁河谷的阳光如同普罗旺斯的阳光一样温暖明净，让她们心情愉悦。这时候，薰衣草会等待生命之花盛开的那一刻，等待神圣爱情的降临。

初夏的太阳将金色的阳光热烈地泼洒在大地上，薰衣草身体里涌动的激情沿着茎秆攀升，当阳光的热量积蕴到一定程度时，第一株薰衣草花蕾的皮肤开始泛出淡淡的紫色，在阳光的热吻下，不久整个花朵就会完全绽放。

　　薰衣草盛开了，一株株茎秆上盛开着有序的花轮，一轮轮紫蓝色的小花紧紧挨在一起，构成一垄垄盛开的紫色花丛，蔓延成一片紫蓝色的海洋。

　　微风袭来，随风摇曳的花朵吟唱着动人的歌谣，而大地则泛起一排又一排紫蓝色的波涛，在六月的阳光下欢笑，伊犁大地弥漫着醉人的香气。

　　伊犁因为薰衣草独特的味道而变得高雅，并蒙上了一层神秘的紫色轻纱。进入伊犁的游客纷纷在路旁驻足，进入如画如锦的薰衣草田里拍照留念，将这种独特植物的形象揳入自己的生命之中，作为一段不可忘记的记忆珍藏。

　　有人说，任何花都是有语言的，每一种花语代表着不同含义，而薰衣草的花语是等待爱情。我想这是有道理的。

　　每当薰衣草集体绽放的时候，那一片片紫蓝色的花海，那缕缕浓郁的奇香，让人们心甘情愿地醉倒在薰衣草的怀抱里。于是，有人不远万里来伊犁寻找薰衣草，寻找失落的爱情。

　　金色的余晖如一匹锦缎铺在紫色花朵之上，风抚摸着花朵盛开的笑靥，如梦如幻的气息氤氲着心灵。薰衣草为这些为爱而伤的人们疗伤，倾听他们的痛苦，抚慰他们的心灵，并将太阳赋予的坚韧送给他们。

　　在夕阳余晖照耀下的薰衣草田中徜徉，起伏的紫色花海如同起伏的心潮，面对这些震撼心灵的花朵，那些曾经淹没自己的失意、失落和忧伤变得不那么浓重了。

　　每一朵花都映照着薰衣草美丽而坚强的内心世界，薰衣草的紫色花朵为阳光而盛开，为爱而盛开。那些曾经经历的风雨和痛苦，不再日日夜夜地纠缠在生命中，它们注定会成为盛开路上的一滴能量，为这一季的花海做一个诠释。

　　如果你不信，请来伊犁倾听薰衣草的故事。

伊犁大地盛开的精神之花

深秋了，清晨的大地已铺上了一层浓重的白霜，收割过的薰衣草田里倔强地长着零星的薰衣草，青绿色的瘦弱的茎秆上顶着小小的花蕾，罩着一层浅浅的紫色。在广袤的大地上，这些小小的花蕾显得那么孤单、寂寞。心怀爱怜地摘了一枝，随意放在书桌上，一天后，这枝没有一片叶子的花茎成了一枝干花，静静地站在一摞书的旁边。

每当坐在书桌前，铺开稿纸或打开一本书时，下意识地便将这枝花拿起来嗅嗅，熟悉的幽幽的花香沁入心脾。虽然仅有三四个犹如小米粒大小的花蕾，但缕缕低香却源源不断地执拗地散发着，仿佛永无止境，永不停歇。

一朵花，在观赏者眼中只是一朵花而已。而我透过一朵花审视她的成长经历，审视她与脚下这块土地的关系和情感。与她交流、对话，倾听她内心的声音，于是我读懂了她的喜怒哀乐。

　　在我的眼中，紫色薰衣草花就是伊犁大地上盛开的一朵精神之花。

　　因为这朵紫色的薰衣草花，伊犁为越来越多的人所知，并且有越来越多的人为了一睹"中国普罗旺斯"的风采、为了亲近这朵花，跋涉千万里来到伊犁，从此爱上伊犁。

　　沿着半个世纪的时光向上，我看见那些怀揣沉睡花朵的紫色精灵，从遥远的法国漂洋过海，在数万里之外的中国西部——新疆的伊犁河畔扎下根。远离法国普罗旺斯的

高地和阳光，薰衣草孤独而又寂寞，年轻的兵团职工们用充满爱怜的目光抚慰着她们，期盼着她们健康成长。

当春风再次拂过大地的时候，河谷湿润的气息唤醒了这些来自异域的小精灵，清澈的天山雪水漫过她们的身体，阳光温柔的手指轻轻滑过她们的肌肤，伊犁河谷清脆的鸟鸣催醒了她们的记忆，蝴蝶蹁跹的舞姿绽开了她们的笑颜。

在爱的滋润下，薰衣草的青春一丛丛绽放，人们为这些神奇的花朵而倾倒、迷恋，这片盛开紫色花朵的土地吸引了五湖四海的青年人，不远万里来到伊犁垦区开创屯垦成边的伟大事业。

爱成就了薰衣草事业，而薰衣草成就了兵团军垦战士的梦想。仅仅十多年，伊犁垦区大地上，十克薰衣草种子盛开成数万亩的花海，军垦战士让一朵花完成了她的重大历史使命——彻底结束了中国从法国进口薰衣草精油的历史，为国家节约了大量外汇。伊犁垦区也成为全国最大的薰衣草种植基地，伊犁河谷因此成为香河谷。

半个世纪的时光漫过中国西部的蛮荒，诞生了一个"中国普罗旺斯"，我在她的容颜里触摸到地中海的湿润气息，海风扬起的紫色裙裾飘舞在田野深处，一垄垄盛开的紫色花丛散发着摄人魂魄的光芒，整个天空沉醉在馥郁的香气中，大地上处处盛开着甜蜜的爱情。在这些日渐模糊的时光里，还有无数渐渐离我们远去的老人，他们用一生的岁月诠释着对薰衣草的挚爱，诠释着对脚下这片土地的热爱，一年盛过一年的紫色花海就是他们无声的誓言。

半个世纪以来，薰衣草花成为兵团第四师最具代表性的意象，也成为支撑一代代军垦战士用青春用生命坚守祖

国边陲的精神支柱。这朵在伊犁大地盛开的精神之花，以她独特的魅力默默地执着地浸润着与她亲近的每一个人的心灵，并且撞击着无数文人墨客摄影师的灵魂，让他们在伊犁大地上留下最美的诗篇、最美的文章、最美的影像。

　　每一朵花都有它的世界，薰衣草花的世界是让人们看到她紫色的微笑。

向着一株草的方向

认识薰衣草的过程，也是追寻自己内心的一个漫长过程。

从来没有如此专注地审视过这样一株草，全身心地投入，去接近、了解、感知。

薰衣草的细胞在时间里迅速裂变、成长、繁殖，最终，蔓延成一片片紫色的花海。

从一株草到一个产业，用了半个世纪的时间。

在中世纪，薰衣草不仅因有洁净身体和心灵的功效而备受人们推崇和喜爱，还因其动人的传说和"等待爱情"的花语成为爱情的象征。

随着工作生活节奏的加快，我们的身体和心灵都在尘世中奔波和纠结，身处喧嚣的都市，却渴望着田园的纯洁和安静。于是，成群结队的人逃离都市，奔向大自然的怀抱。

当人们历尽艰辛地寻找那一片紫色的天堂时，我却幸运地坐在门前的薰衣草田里，享受与一株草一朵花的对话。

穿行在繁花盛开的季节，我的心灵一次又一次为紫色花海所震撼。而当我一次又一次面对繁花落尽的沉默花田，却有一种遥远的明净、澄澈抵达心底。

罗曼·罗兰说："真正的光明绝不是永没有黑暗的时间，只是永不为黑暗所掩蔽罢了；真正的英雄绝不是永没有卑下的情操，只是永不被卑下的情操所屈服罢了。"

在漫长的一生中，与躯体前进的一定是精神，我们需要真正的精神之光的照耀。否则，任由我们的肉体在岁月的利刃中凋零，这样的人生是何其苍白！

行走在尘世中，我们是一个个平凡而微小的人，但这并不影响我们对精神世界的永恒追求。一个人的一生，也是一个与外界斗争、与自我斗争的艰苦过程。如果永远屈服于卑下，也许我们将永远找不到人生中的光明。

我常常在思考，一株薰衣草象征着什么？

有一天，突然豁然开朗，她不就是兵团人的象征吗？她不就是兵团精神的象征吗？

她在戈壁荒滩扎根，惊开了亘古荒原沉睡千年的梦；她在天山脚下生长，敛聚了雪峰的雄浑之气；她在西部边陲盛开，继承了万千军垦战士戍守边关的使命；她在冰天雪地中坚守，只为曾经的誓言；她在烈日骄阳下盛开，给世界献上最美的花朵和最浓的精华……

薰衣草在漫长的时光里成长，同样成长的还有根植于这块土地的一种精神。

一株薰衣草，代表着一种顽强不屈的精神，就像我们的父亲在荒原上耕种希望，用布满老茧的大手描绘出一片又一片绿洲；就像我们的母亲在戈壁滩上织锦，用佝偻的身躯使我们的家园日益美丽温馨。生命中的风风雨雨，都没有让他们怯懦；生命中的坎坎坷坷，都没有让他们退缩。

　　一株薰衣草，代表着一种方向。

　　从五湖四海走向这里，从历史深处走向这里，从苦难中走向幸福，我们的父亲母亲用青春、用汗水、用智慧、用生命、用一生的时间追寻一个方向。一座座欣欣向荣的城镇，一块块生机盎然的条田，一条条坚如磐石的边防线，记录着他们留下的足迹、走过的岁月。

　　时光会老，老去的是容颜和身躯，留下的，却是血脉里永远涌动的激情和代代相传的责任和使命。

　　向着一株草的方向，灿烂的阳光照在我的心中。

穿过开花的城市

在博大辽阔的新疆，可以说没有一座城市可以像伊宁这样在春天如此浪漫地盛开。这是一座会开花的城市，杏花、苹果花、桃花、榆叶梅、丁香花以及许多知名不知名的花儿，从残雪还未消融的三月初就次第开放，空气中始终弥漫着或浓或淡的花香。

因为新疆严酷的自然环境，居住在这里的人们对植物的依赖和情感更超越其他地方的人。在新疆，只要有人居住的地方，就会有植物和花朵的身影，田畴沃野边有高大笔直的白杨，沙漠戈壁边有耐旱耐风沙的胡杨，盐碱滩边有坚韧的沙枣树，河谷边有一望无际的次生林。而无论走进哪个庭院，你都会看到苹果树、杏树、葡萄树以及刺玫花等各色花卉。

伊宁是新疆所有城市中自然地理先天条件最好的一个城市，因为地处亚欧大陆有名的"湿岛"——伊犁，这里少了一些新疆的粗犷气质，多了一份江南的秀丽、柔美。

伊宁的春天，没有沙尘的侵扰，没有暴风的劫掠，带着江南阴柔气质的细雨轻轻地触摸着她明丽娇柔的脸庞，散落在城市周边的片片果林如同她白皙透明会呼吸的肌肤，密布在城中小巷的果树则是暗伏在她身体中的生命脉络。

穿行在春天的小城中，我能够细腻地体味到她寂静的、幽秘的独特气息。

杏花是这个城市最早报春的花朵。伊犁河谷气候温和，土壤肥沃，是新疆有名的瓜果之乡，盛产苹果、杏、桃、李等多种水果。伊犁大白杏和位于阿力玛里古城的吊树干杏非常有名，杏树是伊犁河谷最常见的果树之一，因此，杏花就是三月伊犁最耀眼也最常见的花朵。

此时春雨霏霏，万物刚刚复苏，三月的春风中还带着些许寒意，但在小城我们也能看到"杏花春雨江南"的秀丽景色，与河谷之外西域辽阔粗犷的气质形成鲜明的对比。

在伊宁这座小城，城郊和城中处处可见杏树婀娜的身姿。二十世纪九十年代中期，这里随处可见密布的郁郁葱葱的杏林。特别是那些隐藏在小巷深处的杏树和蓝门白墙的少数民族民居，常常勾起我无限的向往。

每年春天，都会与扑面而来的杏花相遇，她们是我们生活中再熟悉不过的花朵，但那些集体绽放的丛丛繁花还是每每让我为之感动，朵朵盛开的花瓣，表达的是对生命的尊重、热爱，对普照万物的阳光深深的感激。

甜美的果实是慰藉尘世中苦苦寻觅和行走的人们的美好事物，是天地赐予人们的礼物。世代居住伊宁的人们对果树的热爱超乎寻常，伊宁因此成为新疆历史上有名的

"苹果之城"，城市被大大小小无数的苹果园环抱，通往外界的几条大道两旁也栽种着密的苹果树。

这是一个藏在果园中的城市，城中居民家中、小巷两旁多有苹果树，间或几枝开满花朵的树枝伸过墙头，"春色满园关不住"的意境，不由得令人对小巷深处的幽静和古朴充满无限向往。

每年四月下旬，杏花刚落，藏在城市中的苹果花便在枝叶中绽放，红色的、粉色的、白色的、黄色的，极为壮观，街道成了花朵的溪流，城市上空弥漫着香甜的花香。漫步小城中，幸福俯拾即是，就像晨光中绽放的花朵，层层叠叠抵达你的心灵。

而城市外围大片大片的果林之上，层层繁花如云如霞。沿着花朵的指引，我们走在通往天堂的道路上，花朵的尽处就是滋养我们身体和心灵的伊犁河。

我喜欢在黄昏时候牵着儿子的小手穿行在幽静的小巷中，体味那曲径通幽的感觉，欣赏每一朵花绽放的美丽，分享果实们安静长大的快乐。小巷中的人家有维吾尔族、哈萨克族、塔塔尔族等多个民族，但无论走到谁家门口，他们都会热情地邀你进院中喝茶。你若是被他们门前树上的果实所吸引，他们都会大方地请你随意品尝枝头上的累累果实，那些金黄的杏子、或白或黑的桑葚、红红的樱桃、紫黑的李子以及海棠果、各种苹果们，让我深刻地感受到生活的甜蜜。

近几年，随着城市建设力度的加大，小城变化越来越大，像一个变得越来越靓丽的姑娘，街道越来越宽，高楼越来越多，小区功能越来越多，小巷越来越漂亮。尤其值

得一提的是大街小巷引种了许多新品种花草，甚至高贵典雅的郁金香也落户小城，从春到夏、从夏到秋，城中随处可见各色盛开的花朵，姹紫嫣红，令人目不暇接，成为人们生活中一道美丽的风景线。

穿过开花的城市，满目绽放的花朵让我们感受到生命的幸福和愉悦。我们亦如这无尽的繁花，选择了脚下这片土地，便会为之无怨无悔地付出，最后与这片土地融为一体，彼此成为生命中不可分割的一部分。

送你一束沙枣花

　　清晨起来，出门，一头撞进一片浓郁的花香里。位于兵团第六师五家渠市的兵团党校，整个校园角角落落无不弥漫着这馥郁的伴随我走过童年、少年时代直至今天的沙枣花香。我的生日是 5 月 20 日，恰是每年与沙枣花相遇的时刻。因此，对沙枣花又多了一份喜欢。

　　在家园越来越美丽、生活越来越幸福的当下，在兵团每个城镇，也有越来越多各种形态优美、花色独特的植物，而伴随我童年、少年时代的沙枣树早已鲜见，只有偶尔在偏远的连队、田间地头才能遇到稀疏的几株。这些见证兵团事业发展的沙枣树似乎被人们渐渐遗忘了，远离了人们的视线。

　　感谢兵团党委党校的绿荫中还保留了数株沙枣树，有的甚至已经有相当年岁了。枝干毫无章法地伸向天空，绿叶随意披满枝头，枝干上的尖刺个个凌厉，躯干树皮皲裂，一副桀骜不驯的面孔，丝毫不介意风霜、雨雪、干旱。

正是因为这种从里到外的不羁、无惧，才会在新疆大地上处处可见沙枣树的身影，它见证了新疆大地发生的巨大变化，陪伴了父辈的辛苦劳作，也陪伴了我们的快乐成长。

记忆中的沙枣树，常在连队营区和田间地头，特别是在父辈开垦的盐碱地旁深深的排碱渠边，一棵棵一排排耸立着，高大，茂密，虬枝伸向蓝天，身旁则是渠坝上密密的芦苇丛。后来才知道，沙枣林是当时新疆干旱地区最好的防风林。有它们庇护，父辈们辛勤开垦多年靠近沙漠的良田才没有被肆虐的沙魔吞噬。

对于我们这些连队的小孩来说，沙枣林就是我们的快乐营地。初夏折沙枣花，金秋摘沙枣，我们像小猴子一样在沙枣树上蹿上蹿下，甚至把一些沙枣树的粗大树干磨得溜光。女孩们下了树，则在脚下盛开的野花中寻找梦想，摘一把鲜花编成花环，戴在头顶上，俨然童话故事中骄傲的公主。沙枣树，让我们简单贫瘠的童年变得意趣盎然。

沙枣花开时，母亲也会在下班途中折几枝盛开的沙枣花，插在玻璃瓶中，可以数十日花干而香韵不散。简陋狭小的土坯房，也因为这缕花香多了几分诗意。

后来查阅资料得知，沙枣树别名银柳、香柳、桂香柳、七里香，生命力极强，具有抗旱、防风沙、耐盐碱、耐贫瘠等特点。难怪它们总是生长在盐碱滩上、荒漠边上，总是默默无闻、不为人知。

因为所处环境干旱恶劣，沙枣花如米粒般细碎金黄，但它盛开时的情景却是令人叹为观止，是生命竭尽全力的华美绽放。那细碎的花蕾密布枝条，一枝枝，一串串，如金铃缀满枝头，花香馥郁，铺天盖地，仿佛要香透它所遇到的所有事物。

也是这样春意盎然的季节，共同生活了二十年的婆婆离开了人世。那时候才知道婆婆结婚前在老家农村当过会计，有些当时农村姑娘少有的文化知识。然而，当她跟随参加抗美援朝战争凯旋的丈夫来到新疆兵团后，她的才华和能力全被伟岸、优秀的丈夫的光芒掩盖了。在众人眼中，她只是个普通职工，吃苦、耐劳、踏实、勤俭，在缺吃少穿、极为艰苦的条件下，耕种着贫瘠的土地，养育了五个儿女。

一如千千万万个兵团"戈壁母亲"，婆婆舍不得吃、舍不得穿，用微薄的收入养育着五个快速拔节的儿女，赡养着年迈的老人，照顾着从老家接来的兄妹。她的一生，平凡得不能再平凡，普通得不能再普通，如一棵常常被人忽略的沙枣树。因为她坚强，所以风霜来时，没有人心疼她；因为她粗粝，所以干旱来时，没有人怜惜她。

个性强的婆婆与个性更强的公公度过了清贫却又劳苦的一生。

性格豪爽、正直清廉的公公，参加抗美援朝战争三年，回国后被组织安排到南京工兵学校学习两年，之后留在苏州军区工作，担任连长。丈夫的大姐就在苏州出生。

1962年，兵团从直属单位和各师抽调干部810人、工人1.7万人，在半个月内全部到达伊犁、塔城等边境地区，对部分区域执行"三代"任务（代耕、代牧、代管）。

公公就是这一年奉命来到伊犁垦区的边境团场六十四

团（前身为可克达拉农场），婆婆怀里抱着大女儿、肚子里装着二女儿，随着丈夫从美丽的"天堂"苏州来到了荒凉贫瘠的新疆兵团第四师六十四团。这一来就是一辈子，并且把五个儿女都留在了这里。

公公一来就在团场任武装股长，工作忙碌，经常出差。生性豪爽的公公总是把当时并不算低的工资与下属"共产"完，而家中老小八九口人只能靠婆婆微薄的收入维持生活，吃了上顿没下顿，缺盐少油是常有的事。为此，婆婆没少跟公公争吵生气，然而公公依然我行我素，生活依然这么艰难地进行着。

公公一心扑在工作上，从没对五个子女给过特殊照顾。于是，这个所谓干部家庭的子女们都靠自己的努力艰辛地劳作、成家立业，经历着生活的磨难。

而从漫长生活的细节中向内望去，我看到婆婆对公公的敬重和深爱。公公去世颇早，家中阳台上始终摆着他的照片，不善家务的婆婆从不会擦拭落在照片上的灰尘，但逢年过节，照片前总是摆满了水果点心。说起公公的人品能力，除了脾气暴躁、不会理财、不顾家，其他都好。

公公婆婆那一代兵团人的爱情和生活是火热的也是残酷的，理想主义的色彩浓浓地铺满了他们的人生，也释放着他们的激情。半个多世纪的风霜掠过他们匆忙而又艰辛的一生。他们的人生底色，是新疆的辽远荒凉，是兵团的艰苦创业，是漫长边境线的逐渐牢固，是垦区大地的日益繁华。

你能看到他们飞满双鬓的白发、布满老茧的双手、日益蹒跚的脚步、日渐佝偻的脊背和一个个绽放在沧桑面庞上的幸福笑容，却很少能听到他们的抱怨。那些远逝在历史云烟中的苍凉命运，就这样成为理所应当，成为厚重记忆。

2019 年，是兵团成立六十五周年。我想起与婆婆一样从山东穿越八千里路云和月，来到新疆兵团的两万名花季少女。

坐上大卡车 / 戴着大红花 / 远方的青年人 / 塔里木来安家 / 来吧，来吧 / 年轻的朋友 / 亲爱的同志们 / 我们热情地欢迎你 / 送给你一束沙枣花 / 送你一束沙枣花。

"到祖国最需要的地方去，建设边疆，保卫边疆！"唱

着这首《送你一束沙枣花》，怀揣着理想和激情，来自祖国各地的她们从自己的故乡移植到天山脚下的他乡。

七十年来，她们散落在新疆兵团大地的角角落落，让这些曾经充满荒凉基调的荒原、大漠、戈壁滩，因为有了女性的温润，开出了灿烂的生命之花。

当黑暗的地窝子传出生命的第一声啼哭，她们生命的根须便往脚下的盐碱地、荒漠更深处推进。当排排兵营式房屋房前屋后传来孩子们欢乐的嬉戏声，她们生命的根脉已经牢牢地深植于脚下的土地中。兵团大地，因为有了她们，变得更加多彩、更加生动、更加丰富。

四季的风，就这样卷走了父辈们平凡而伟大的一生，在他们洒下青春汗水最美年华的那片热土上，阿拉尔、铁门关、图木舒克、双河、可克达拉……一座座美丽繁华的城镇快速崛起着，一次次重绘着新疆大地的壮美。

又是沙枣花香时。期望每年如约而至的花香引我们回到深深的记忆之海中，打捞那些永不褪色的时光金片，回望那一颗颗闪亮的初心。

苜蓿里的春天

苜蓿花，是新疆大地常见的一种花，紫色的花瓣簇拥成小小的球状。一般紫花苜蓿是新疆牧民比较喜欢种植的牧草，一种一大片，花开时就成了一片紫色的花海。

乘飞机从伊犁回乌鲁木齐上班，随机的包里装了一大包冻得硬邦邦的苜蓿。让苜蓿"坐"飞机，只是因为喜欢苜蓿里的春天味道。

在伊犁，每年春天我都会和家人一起去田野里挖野菜，从春雪还未完全消融便迫不及待钻出地面的荠菜，到果园里沟渠旁疯狂生长的蒲公英等，再到仲春时节长到一拃长的嫩苜蓿，目不暇接的野菜，让春天的日子变得充满诗意。

记忆中的苜蓿，是新疆最常用的饲草，在团场连队大片大片种植，职工家的小院里也偶尔会有一小片苜蓿随意生长，跟菠菜、小白菜一样是皮实的青菜。在我们缺衣少食的童年时代，苜蓿常是调剂伙食的吃食。

　　童年主食百分之九十是玉米面，让我们这些孩子难以下咽。春天时，母亲会去地里掐一些嫩苜蓿尖，用玉米面裹着放进蒸笼里蒸。锅开不一会儿，热气里便有了一股苜蓿清香味和玉米面淡淡的甜味，丝丝缕缕地飘散在厨房里，让我们这些小孩子垂涎三尺。或是面条下到锅里了，到院子里掐一把苜蓿的嫩尖，用水冲冲扔到锅里，碧绿的颜色、清香的味道令人食欲大增。或是将苜蓿尖用开水焯后凉拌，加点油泼辣子和醋，那香味儿简直让人无法拒绝。

　　小时候因为常听父母说谁谁家的羊又吃苜蓿撑死了，在吃苜蓿时尤其是吃苜蓿饺子时我们都会控制自己不要吃得太多了，成年后也把这一经验传授给孩子，以免遭遇那些羊的厄运。美味再美，也得有度。

　　苜蓿，原产于西域各国，汉武帝时，张骞出使西域，始从大宛传入。又称怀风草、光风草、连枝草。花有黄紫两色，最初传入者为紫色。《史记·大宛列传》："（大宛）俗嗜酒，马嗜苜蓿。汉使取其实来。于是天子始种苜蓿、蒲陶肥饶地。及天马多，外国使来众，则离宫别观旁尽种蒲陶、苜蓿极望。"

　　汉武帝时，为对匈奴开战，马匹需要大量草料，遂自西域引进苜蓿。一般种植的饲草苜蓿开紫花，这种苜蓿素以"牧草之王"著称，不仅产量高、草质优良，而且富含粗蛋白、维生素和无机盐，是牲畜上好的饲草。

　　我国古代关于苜蓿已有许多记载，唐朝王维在《送刘司直赴安西》中写道："苜蓿随天马，葡萄逐汉臣。"唐李商隐有诗曰："汉家天马出蒲梢，苜蓿榴花遍近郊"，是说当时汉家天子的马厩中有西域天马蒲梢，一片片苜蓿和石

榴遍布长安近郊，可见当时天子饲养西域天马之多。因为西域良马多爱吃苜蓿，于是天子在离宫附近种了很多苜蓿。

　　查阅资料得知，苜蓿还是一种中药，性苦，平，无毒，安中利人，可久食。苜蓿的嫩叶是理想的蔬菜，极富营养，它的维生素 K 的含量很高，维生素 A 的含量和胡萝卜相当，维生素 C 的含量也很高。苜蓿中还含有大量铁元素，因而可作为治疗贫血的辅助食品。总之，吃苜蓿利五脏，轻身健人。

在很早以前，我国就有食用苜蓿的记载了。唐代薛令之为东宫侍读，待遇很差，作《自悼》诗自嘲："朝日上团团，照见先生盘。盘中何所有？苜蓿长阑干。"后来，人们以"苜蓿盘"形容生活清苦。南宋陆游晚年居住山区，生活清贫，曾作诗《书怀》："苜蓿堆盘莫笑贫，家园瓜瓠渐轮囷。"意思是：你不要看苜蓿堆在盘里，你觉得我穷，你看看我的后花园，那瓜果都快长大了，我可是不愁吃的。

岁月更迭，时代变迁。如今的生活水平已经让很多人忘记了曾经生活中的苦涩，而这些带着苦涩记忆的野菜如今也成为人们更换口味的首选。我喜欢用苜蓿包饺子。我家的生活习惯是尽量不吃反季节蔬菜，吃了一个冬天的"老三样"，觉得春天的野菜味道尤其清新。加之家人都爱吃饺子，苜蓿本身的清香味与肉中和，不但去掉了肉腥味，还会让肉质更加鲜美。每年春天，苜蓿饺子就成了我家餐桌上的一道必上主食，生活中积累的经验还教会我把这种美味延长到隆冬时节。

工作不久后就搬到小城居住，家里没买车以前外出并不是很方便，会借回团场看父母的机会到连队苜蓿地里掐点苜蓿，但毕竟不是很方便。所幸伊宁是座小城，早春时节，街头巷尾总会有维吾尔族老汉推着架子车卖苜蓿，一车蓬蓬松松的苜蓿上扔着一只大铁盘。苜蓿不论公斤卖论盘卖，一盘六块至八块钱。我若遇到，便会不计价钱地买上一大袋，直到拎不动为止。

回家择好苜蓿用水洗净，烧一大锅开水，旁边放两盆凉水。水一开，就将苜蓿放进去，用筷子不停地翻，以使所有苜蓿都能完全浸在开水中。蓬松的苜蓿进入开水中立即收缩，一会儿就变得翠绿翠绿的。稍翻搅之后捞出来赶紧放入凉水中浸泡，直到完全没有热气。经验丰富的我知道，在捏成团之前一定要保证苜蓿完全晾凉，否则带着热气的苜蓿堆在一起，会很快变色发黄，那就大大影响后期加工出的菜肴品相了。

把晾好的苜蓿捏去水分，捏成大小均匀的菜团，装进保鲜袋放到冰箱冷冻，可以在盛夏或金秋季节随时拿出来食用，甚至有的人家会放到冬季没有新鲜蔬菜时食用。想想吧，窗外天寒地冻，大雪纷飞，而你在温暖如春的家里能给家人端出一盘颜色碧绿、味道鲜香的苜蓿饺子，那是一种怎样的幸福啊！

按照我家的生活习惯，我们专门买了一个冰柜来装野菜，家里有车后出门方便了，想到哪里挖野菜、掐苜蓿都可以。春天的两三个周末，冰柜里就装得满满的了，有苜蓿，有荠菜，还有蒲公英等。

苜蓿花里的春天，清清淡淡的美好。

故乡的蒲公英

　　每天一上班，我会在杯中放一撮蒲公英根块、一撮蒲公英叶，有时会加几朵玫瑰，再注入沸腾的开水。待静泡一会儿，一杯颜色淡黄、散发着玫瑰香气和蒲公英淡淡苦味的女子养生茶便成了，给一上午紧张的工作舒缓一下神经。

　　每当端起这杯茶，眼前便会浮起"阿力玛里"这个词，也会浮现女友小兰白发苍苍的母亲充满慈爱的眼神。

　　在暖暖的春阳下，在葳蕤的果园里，蒲公英像绿色的地毯铺满果园的地面。小兰母亲轻轻地用小刀剜起一棵棵蒲公英，抖落嫩白根茎上挂着的黑土，充满爱意地将它们扔进眼前的柳条筐。不一会儿，筐里便装满了绿色的蒲公英。

　　在果园屋前的空地上，小兰母亲将洗净的蒲公英一分为二，嫩白的根茎和鲜灵灵的绿叶被切成节，摊晒在水泥

地上。几个晴天过后，这些绿叶
和根茎就会脱去水分。再长点时
间，根茎就会完全变干。

这是小兰母亲每年都会做的
事。做这些事的时候，她一定会
想着远方的女儿。

在千里之外的乌鲁木齐，我
和小兰在忙碌的工作中每日享受
着来自故乡果园的蒲公英茶，每
一杯都是浓浓的母爱，每一口都
是浓浓的故乡的味道。

蒲公英很早就在我们的记忆
中扎下根，蓬蓬勃勃生长的是我
们对故乡、对过往岁月的难以
忘怀。

在兵团团场，我们的童年生
活中经常有蒲公英的影子。因为
蒲公英是药草，也能入菜，所以
在那个缺吃少穿的年代，家里的
饭桌上少不了它的身影。

母亲会用开水焯过蒲公英，

将其放在凉水中浸凉，然后凉拌，洒上一点热油、葱花，那是饭桌上的一道美味。有时也会用蒲公英来包包子，味道有些苦，但因为有点肉末，我们对肉味的需要已经超越了那些苦味，所以也就接受了蒲公英的清苦味。

蒲公英盛开的金黄色花朵，经常成为我们这些连队小姑娘们头顶的装饰。那时家里一般都会养头猪，在拔猪草时，蒲公英也会被列入其中。掐一枝蒲公英花朵插在鬓边，臭美得不得了。一边满地里找寻着可拔的草们，一边趁着间隙摘成熟的黑豆豆吃，吃得满嘴满手黑紫色。

蒲公英花在我们的生活中太常见了，以至于我们常常会忽略它。它让我最为震撼的一次，是有一年春天到阿力玛里采风时遇到的景象。那些果园里集体盛开的金色蒲公英花形成的花海，覆盖了整个果园，金灿灿的一片，苹果树、桃树上盛开的白色果花、粉色桃花都被它们比得失去了光彩。

秋天的蒲公英又是另外一番景象。有一年秋天到将军沟采风，路旁林地里的一片蒲公英吸引了我们。虽然已是秋天，但草地还是碧绿的，只是这片草地上白茫茫的一片，走近一看，是蒲公英盛开的种子，每一枝蒲公英细细的茎杆都顶着一个白色绒球，在晨光的照射下熠熠生辉。后来在秋天的果园里也常见到这番景色。

白色绒球是由无数个小伞组成的，每一颗蒲公英种子都有一把白色的小伞。风一吹来，这些蒲公英的种子会乘着小伞随风四散。远方，是它们的理想。远方，只要有温润的土地，蒲公英的种子就会钻入地下，直到来年春天破土而出，开辟出新的家园。

　　至于蒲公英茶，那是近些年的事了。随着生活条件的提高，人们对饮食也越发讲究，对反季节蔬菜排斥感越来越强。于是，每年春季青黄不接的时候，挖野菜成为热潮。蒲公英因其强大的药用价值，备受人们的喜爱。

　　蒲公英，别名婆婆丁。《本草纲目》中记载，蒲公英可以清热解毒、化食毒、消恶肿。《神农本草经》《唐本草》《中药大辞典》等历代医学专著均予以高度评价。在欧洲，蒲公英有"尿床草"之称，可见其利尿作用之强。

　　查阅资料得知，蒲公英含有蒲公英醇、有机酸、胆碱等以及一些矿物质成分，其中咖啡酸、阿魏酸、绿原酸等多种有机酸，对微生物有较强的抑制灭杀作用。蒲公英中含有的总黄酮物质，抗氧化作用很强，有清除自由基、延缓衰老的功效。这就是蒲公英茶具有美容养颜、清热解毒等作用的原因。但因蒲公英味道苦、甘，性寒，在使用上一定要注意适量，不可过多，尤其患有寒性疾病的人应禁止使用。

　　当然，蒲公英，只是故乡味道记忆中的一种。故乡的味道还有很多种，但是，这清淡的蒲公英茶却把我的目光和思绪一次又一次拉回到遥远的故乡，让我沉醉在对故乡浓浓的依恋中。

昭苏高原香紫苏

　　蓝天，白云，群山。这些美好的、让人向往的词，在表达新疆伊犁昭苏高原美丽风光时却显得如此苍白。

　　那漫步在天边的白云闲庭信步，白得让你恍若来到童话世界。那白云下是连绵起伏的天山雪峰，峰顶的皑皑白雪如同银冠在阳光下熠熠生辉。那深绿色的山坡起起伏伏，山脚下是一望无际的金黄色油菜花。金黄色的前面，是高原以往的色彩中少有的粉紫色。那天蓝得纯粹，那金黄亮得人心醉神迷，而那片粉紫色，则如巍峨雪山、辽阔草原颈间一条柔软的绸带，给一向阳刚的昭苏高原带来了女性的柔美。

　　此刻，我坐在北京鲁迅文学院 408 室的写字台前，将记忆中新疆伊犁海拔一千八百米的昭苏高原上那片绝美的香紫苏拉到眼前，那是一张令我魂牵梦萦的巨幅油画。

　　犹记得第一次见香紫苏的时刻，应该是 2008 年去昭苏

采访，路边一片耀眼的粉紫色从天而降，吸引了我的眼球。
远远望去，那辽阔的粉紫色田畴，在蓝天、白云、雪峰、
草原以及金色的油菜花这些元素的共同衬托下，组成一幅
无与伦比的巨幅油画，震撼我的视觉和心灵。

　　我忙问带路的朋友："那是什么植物？"答曰："香
紫苏。"

　　那一眼，便让我终生难忘香紫苏的名字。

　　香紫苏原产于法国格拉斯地区，后引进中国，最早在
南方一些地方试种，因其不适应当地气候而引种失败。然

后，转入陕西省大荔县试种成功。2007 年陕西省渭南客商实地考察七十六团后，认为团场土地平整集中，有机质含量高，比较肥沃，决定在这里试种五十亩香紫苏，当年获得成功。

2008 年，陕西客商又与北京客商一起在七十六团投建年产成品油可达八十吨的香紫苏加工厂，同年种植香紫苏四千亩。因为香紫苏耐贫瘠、病虫害少，深受种植户青睐。自此，香紫苏在昭苏高原种植面积越来越大，也成为当地独特的旅游景观。

　　香紫苏的花期长达三个月，从七月初开始绽放，一直到九月底，是伊犁河谷中花期较长的花了。在香紫苏盛开的夏秋季，数百亩连片的香紫苏田粉紫色花朵一齐盛开，形成了高原一道独特亮丽的风景线，吸引大批游客纷至沓来。

　　香紫苏为唇形科的一种香料作物，又名莲座鼠尾草、南欧丹参，分一年生和多年生，其花、茎、叶可以提取香紫苏生花膏、紫苏醇，深加工后可提取紫苏精油、龙涎醚，用于调配日用化妆品，也用于酿酒、食品和医药。

　　由于工作变动离开伊犁多年，我已经很难再如过去那样常去一睹昭苏高原香紫苏的风姿了，但她带给高原童话般的美景和迷人的芳香已经深深地镌刻在我的记忆深处，我也祈盼这朵美丽的花儿给高原的居民们带来更多的甜蜜和芳香。

土豆花开黑土地

　　我是甘肃"洋芋蛋",但却在新疆伊犁土生土长,从小到大没回过老家。童年记忆中的土豆,是秋天家门口柴草灰里、冬天炉灰里温热焦香的土豆,是锅里蒸熟的绵软香甜的土豆,是母亲锅铲下喷香的土豆丝。这是团场生活给予我的土豆概念,它们的存在是为了填饱我童年饥饿的肚皮,没有任何诗意和美感。

　　在后来的生活中,给了我诗意和美感的土豆花来自昭苏高原。

　　昭苏高原是新疆有名的黑土地,那一望无际的黑土地捏在手里仿佛可以攥出油来。也因为这里的土地平整、辽阔,有机质含量高,比较肥沃,多年来,粮油作物是昭苏高原上的主要种植作物。在连绵起伏的南天山雪峰的映衬下,金黄和碧绿相间的条田一望无际。如果站在地处伊犁昭苏高原西部的七十六团格登新村旁的格登山顶,你尽可

俯瞰流光溢彩的大地，以及西面一线之隔的哈萨克斯坦农庄的异域风情。

而在这流光溢彩的大地色彩中，一望无垠的白色土豆花会让你眼前一亮，精神振奋。土豆花有白色、粉红、紫色等多种颜色，以白色居多。白色花瓣如扇形，顶部尖出，花朵中间是橘黄的花蕊。土豆花在密密的绿叶映衬下亭亭玉立，婀娜多姿。尤其是微风吹来，万顷碧波之上，簇簇白色花朵随风摇曳，成为高原一大胜景。

七十六团现有耕地二十一万亩，土豆是该团种植业上的主打产品。于是，在这里你能看到别处难得一见的土豆花开的胜景。

土豆，原产于南美洲，现在主要生产国有中国、印度、俄罗斯、美国等。土豆属茄科多年生草本植物，但作一年生或一年两季栽培，块茎可供食用，是全球第四大重要的粮食作物，有健脾和胃、益气调中、缓急止痛等功效。

土豆中含有丰富的蛋白质，其中更有人体所需的多种氨基酸，对于增加人体抵抗力、提高免疫力有很好的作用。土豆中含有丰富的钾元素，可以促进身体内钠的排出，调节机体酸碱平衡。

土豆中含有丰富的纤维素，能够保护消化系统，润肠通便。土豆中还含有丰富的微量元素、脂肪和优质淀粉，除了为身体提供重要营养元素外，还是保养肌肤、抗衰老必不可缺的元素。

在牙买加，土豆被认为是一种对身体非常有好处的食品。不少牙买加人认为，正是他们常吃土豆这一习惯造就了"飞人"的成功。

土豆在人们生活中有着重要作用，但土豆花却被人们忽略，查阅资料居然没有土豆花的花语。但你还别真不拿土豆花当回事，它曾经一度成为"王室之花"，是法国的时尚标志。

1756年至1763年，欧洲大陆爆发了所谓的"七年战争"。普鲁士军队在和法国军队的战斗中，俘虏了一个随军的药剂师，名叫巴孟泰尔。巴孟泰尔被普鲁士军队关在战俘营中，靠着普鲁士农民用来喂猪的土豆赖以生存，结果他居然喜欢上了这种食物。

当他回到法国时，他的祖国正在闹饥荒。巴孟泰尔亲自栽种土豆，并写了许多关于土豆的文章，到处宣传土豆。同时，他还用土豆做成各种各样的美食请当地有名望的人品尝，请他们帮助宣传、推广种植和食用土豆。但这一切都无济于事。在当时的法国，很多人迷信吃土豆会引起麻风病、梅毒和猝死。法国人宁愿饿肚子也不愿意食用土豆，

并称土豆为"妖魔苹果"。

　　为了让土豆在法国人的餐桌上得以推广，巴孟泰尔在国王路易十六的生日晚会上献上了一束土豆花。土豆花可以开五天之久，这赢得了王后玛丽·安托瓦内特的喜爱，她在外出或参加宴会时便把土豆花插在头发上。国王在参加国事活动或接待外宾时也把小小的土豆花插在外衣的纽扣孔里。一时，法国上行下效，佩戴土豆花成为时尚，所有的朝臣都在纽扣孔里插上土豆花，小姐、太太则把土豆花当作最高贵、最时髦的装饰品。

　　在赢得了国王和王后的好感之后，1785 年，巴孟泰尔在巴黎郊区种植了一大片土豆。他请求国王派重兵守卫，不让平民靠近，而到晚上又悄悄命令士兵撤离。于是，吸引了周围农民的好奇，当士兵们晚上撤离时，胆大的农民就去偷了些土豆苗种在自家田里。这样一来，土豆种植竟然很快在法国推广开，帮助法国人度过了饥荒，土豆因此被法国人称为"地下苹果"，而巴孟泰尔也因此成名。至今，法国菜中以土豆为主的好几道名菜，仍以巴孟泰尔的名字命名。

土豆的颜值实在不高，但如果让我为它的花语定位，我一定会给它定位为"忠诚"。因为有了它，故乡贫瘠的土地才能养育我无数同乡；因为有了它，在那个特殊的年代里人们才能够活命；因为有了它，世界上多少穷人的餐桌才不是空白。土豆，养育了人类；土豆花，让人们在贫困中看到生活的希望。

格登山上狼毒花

第一次听说狼毒花，是在位于昭苏高原的格登山干旱的山坡上。

格登山碎石遍地，一丛丛灰绿色的草扎根在贫瘠的土壤和碎石中，在高原凌厉的风中傲然挺立。远远望去，是一片片盛开的白色花丛。走近一看，白色的花朵是球形，花茎直挺，形同火柴杆的红色柱状花蕾，顶部盛开着五瓣白色花朵，甚是可爱。格登山漫山遍野都是这种花，陪同的朋友告诉我它叫狼毒花。

人们为什么会给这样一种美丽的花起如此凶狠的名字？

狼毒花在北方俗称"闷头黄花"，又名断肠草。顾名思义，它是一种可以以毒伤人的植物，但花开得很美，一般生长于大漠和草原之间。当地居民觉得这个花比起野狼还要毒一些，故名"狼毒花"。

　　格登山，是位于兵团四师七十六团一连境内的一座山，
山势呈馒头状，并不险峻，但它却是一座有历史有故事的
山。格登山因格登碑而出名。

　　站在格登山顶，黄瓦红墙的格登碑亭迎风挺立，苏木
拜河在山脚下蜿蜒流淌，西面不远处哈萨克斯坦的农庄清
晰可见。格登碑亭里，三米多高的平定准噶尔勒铭格登山
碑，历经两百余年的历史风云依然巍然矗立。虽然碑文漫

漶斑驳，碑身历经风蚀雨剥，但它是两百余年前那场定边戡乱具有决定意义战役的见证。

乾隆二十年（1755）至二十四年（1759）间，清政府先后两次平定准噶尔及天山南部大小和卓叛乱，结束了长达七十多年的西域割据状态，阻止了西北分裂，让近两百万平方公里的国土重归王治。

格登山碑建于乾隆二十五年（1760），主要记载了清军平定准噶尔部首领达瓦齐叛乱的经过和战绩。乾隆皇帝为纪念这一战役的巨大胜利，于乾隆二十四年命令勒石记功于格登山，后人称其为"格登碑"。

为纪念平叛的巨大胜利，乾隆皇帝作《御制平定回部勒铭叶尔羌碑》《御制平定回部勒铭叶什勒库勒诺尔碑》等，共为西域书写过四块有重大历史价值的御碑，将用兵准部、回部原因及成功始末刻石志之。历经风云变迁，平

定准噶尔勒铭格登山碑是仅存的一块。

"格登"是蒙古语，意为"突起的后脑骨"，形象生动地描绘了格登山山势起伏如后脑骨的地貌。我曾多次来到这里。站在历经风雨的格登碑前，两百多年前那场血战的金戈铁马声仿佛就在耳边回荡，历史的烽烟仿佛还飘浮在格登山的上空。而转过身来，格登山下便是七十六团黄绿相间的万亩良田，金黄色的油菜花田与绿色的麦田交织在一起，如诗如画。

从两百多年前的格登风云，到成立七十年的新疆生产建设兵团，中华儿女守边卫国的家国情怀、壮志豪情，始终在这片热土上奔涌着、传承着。

我的目光从历史的风云中落到脚下丛丛盛开的狼毒花上。这种花在草原上时有看见，却未曾认真了解过。

狼毒花，别称续毒、川狼毒、白狼毒、馒头花、狗蹄花、羊见愁、曲灯花，多年生草本植物，在我国东北、青藏高原、黄土高原和俄罗斯的西伯利亚比较常见。因为狼毒花的花朵在开放之前含苞待放的花蕾极似火柴头，故又名"火柴头花"。狼毒花花期在五六月份，花期长达50天左右，白、红、紫色相间，色彩斑斓，极具观赏性。

狼毒花有大毒，切不可入口，也不能让其汁液沾到伤口处，以免受到伤害，尤其应提醒儿童注意，避免误食而导致中毒。不过，狼毒花并非可怕到毫无用处，其茎、叶及根也可药用，入药后有散结逐水、杀虫止痛等功效。亦可做农药，用以防治螟虫、蚜虫。

狼毒花的根系比较大，吸水能力极强，能适应干旱寒冷气候，周围的草本植物很难与之抗争。在我国某些地区，

狼毒花已被视为草原荒漠化的一种灾难性的警示，一种生态趋于恶化的潜在指标。而高原上狼毒花的泛滥，最重要的原因是人们放牧过度，其他物种少了，狼毒花乘虚而入。

牧人们害怕、讨厌的狼毒花，却有着非常英气浪漫的花语。它的花语是有顽强生命、英雄本色、为爱而活等。它的生长能力很强，名字很硬气，在表达爱情时，则是展露热情粗犷的爱意。

前几年，有部电视剧《狼毒花》曾经引起人们的追剧热。剧中于荣光饰演的常发，血气方刚，个性十足，英勇霸气中不乏匪气，成为敌人闻风丧胆的克星。因为他的桀骜不驯，便有了"狼毒花"的称号。

格登山，让我认识了狼毒花，也对这片土地的历史有了更加深刻的认识。

岁月深处薄荷香

　　一块普洱，一撮薄荷，一注开水。洗茶，再注开水。汤色红亮，普洱的醇厚滋味，加上薄荷的清冽，一泡薄荷普洱茶便成。

　　虽是烈日炎炎，高温酷暑，因为有来自家乡伊犁的薄荷茶的陪伴，一个夏天倒也过得安生。

　　用薄荷泡普洱茶，是近几年养成的习惯。姐夫的父亲住在四师六十五团，那里到处种着薄荷，夏天收割后的田里长出来的嫩枝随处可见，如同遍地野草。于是，老人便会捎回来，或晒干成生茶，或轻炒成熟茶，来乌鲁木齐看望儿孙时便带来一大包。简易的塑料瓶外面用胶布贴着纸条：薄荷生茶：功效……薄荷熟茶：功效……用以提醒儿孙们根据身体情况来喝薄荷茶。每年夏季来临之前，姐姐总会分一半薄荷茶给我，也把老人的一份心意带给了我。

　　薄荷于我，太不陌生了。小时候，田地边、水渠边野生薄荷到处都是，叶子发出浓郁清凉的香味，夏末开白花。

去年，我在家里也种了两盆薄荷，放在卧室窗台上。每当新叶长出五六厘米，便拿剪刀从半截处剪掉，放在窗台上晾干泡茶喝。一茬又一茬，倒也收获了不少。尤其是冬季，窗外是白雪皑皑，室内窗台上是一片郁郁葱葱，煞是养眼。在家里养几盆薄荷，倒真是可以给生活带来很多的小幸福。

关于薄荷，还真有些值得记忆的故事。彼时，父母住在被称为"中国薰衣草之乡"的六十五团，那里不但生长着大片的薰衣草，还有大片的薄荷。一年春季的一个周末，回去看望父母，晚饭后一起去散步，顺便挖些野菜。

当我们走到一块地的渠埂上时，只见一丛丛茂盛的状似薄荷的植物沿着渠道两边生长，可周围并无薄荷地。正当我疑惑不解时，善于思考的父亲说，可能是从上游的薄荷地里冲下来的薄荷种子，沿着渠道生根发芽了。我仔细地掐了几根闻闻，没错，那清香的凉冽的味道的确是薄荷的味道。

于是我突发奇想，既然薄荷可以做茶叶，那么也一定能吃，至于怎么个吃法，还有待回去研究，但当务之急是将这绿油油的薄荷叶采摘回家。父亲很赞同我的想法，于是我们沿渠而上，将两边的薄荷叶悉数采了回来，居然是好大一堆。我和母亲一起将薄荷叶拣好洗净，用开水焯一下，然后捏成一个个拳头大小的菜团，放在冰箱里。

关于如何吃薄荷的问题，我认真地想了一下，薄荷叶有些干，若拌凉菜吃口感肯定不会太好，只有用来包饺子多放些油才能弥补这一缺点。于是买些羊肉饺子馅儿，将

薄荷叶切碎拌入其中，加些葱、姜等。由于包饺子亦是我的专长，不费吹灰之力，一会儿一盘冒着热气的清香的饺子便出锅了。

第一次吃薄荷，都不知会发生什么结果，我命令大家别动，我先吃，并叮嘱如果过一会儿没有异常现象大家再吃，还颇有一点壮士一去不复还的悲壮味道。

咬一口饺子，清香的薄荷味裹挟着肉的香味涌入口中，昔日闻起来腥膻的羊肉居然没有一丝腥味，菜嫩肉香，鲜美可口，我禁不住多吃几个。看着我吃得津津有味，家人也忍不住大吃起来，一盘薄荷饺子不一会儿便被一扫而光，个个吃得肚滚溜圆好不惬意。一晚上未见异常，大家反而精神特别好。

后来多次到种薄荷的地方打听有无人包薄荷饺子吃，这个问题让所有的人惊异，薄荷还能包饺子吃？于是我很肯定自己大概是伊犁第一个包薄荷饺子吃的人，说起来还是首开先河呢，不免心下有几分得意，包薄荷饺子也成了招待好友的一道特殊饭菜。

经查阅资料得知，薄荷具有医用和食用双重功能，薄荷茎叶中的薄荷油具有辛凉的芳香气味，可刺激中枢神经，除劳气、解困乏，更使人振奋、提神醒脑、精力倍增。薄荷中含有薄荷醇，具有消炎止痛的作用，对于蚊虫叮咬过的皮肤有脱敏、消炎和抗菌的作用，同时还对痔疮、肛裂有消肿止痛、消炎抗菌的作用。

位于伊犁河南岸的四师六十九团种植了大面积薄荷，在全国享有盛名，主要用以加工薄荷精油。很多年前在当地报社做记者时，我专门到那里采访过。

六十九团自二十世纪八十年代末引进香料种植以来，香料一直作为该团的支柱产业，经过多年的不断探索和发展，目前种植香料总面积 3 万多亩，已形成规模庞大的香料种植生产基地。其中椒样薄荷占全国总产量的 95%，罗马甘菊占全国总产量的 85%，香紫苏采取异地种植形式，占全国总产量的 80%，这几种香料种植面积都超过 1 万亩，在国内乃至国际市场都拥有充分的话语权，而大马士革玫瑰、薰衣草、留兰香等市场紧俏香料品种在国内也占据着绝对的品质与产量优势。

听到这个消息，由衷地为家乡的香料产业快速发展而高兴。伊犁河谷，被世人誉为香河谷是名副其实的。

在新疆的少数民族餐厅，你常常可以喝到美味的薄荷红茶。

　　一般都会用袋装的红茶，再在杯中放几枝粗壮的新鲜薄荷茎秆。红茶在开水的冲泡下渐渐洇出红色，而碧绿的薄荷在水中漂浮。当然，前提是茶壶一定是透明玻璃的、粗大的，这样，就可以尽情欣赏茶水由透明变成宝石红的过程。

　　上茶的同时，侍者会端上一小杯金黄色的蜂蜜，是专门配薄荷红茶的。倒茶之前，先将一勺蜂蜜倒入杯中，再冲入泡好的茶水。随着茶水的注入，蜂蜜的香甜味腾空而起，与红茶的香味混合在一起，加上薄荷清凉味道的加持，一杯地道的薄荷红茶让你流连忘返。

　　美味的薄荷红茶，这是新疆餐厅的秘密。

又是一年槐花香

　　五月，槐花盛开。当槐花浓郁的甜香味飘浮在静静的夜里，关于槐花的记忆渐次浮上心头。

　　新疆，过去是不种植槐树的。随着城市化进程的加快和城市绿化的提升，越来越多的珍贵花卉和景观树木被引种到城市，城市也变得越来越美。伊宁，这座西北边塞小城也是如此。

　　搬到小区数年，当年小区院中道路两旁的瘦弱槐树已经长得高大茂盛。每年五月，槐花一开，满院从早到晚都是槐花独特浓郁的甜香味。

　　婆婆是山东烟台人，小时候在老家常吃槐花，于是带着我和儿子满院子找矮些的树枝撸槐花，不一会儿便撸满两大袋。间或，我和儿子也会拈一瓣槐花放入口中，品尝丝丝香甜带来的快乐。

　　回到家，婆婆把槐花用清水洗净，沥干，用开水焯好，

拌上肉馅儿，包成槐花饺子。这应该是我这辈子吃的最美味又雅致的饺子了。

婆婆比较爱吃槐花麦饭，也就是蒸槐花，做法同蒸榆钱相同。将洗净的槐花加入面粉拌匀，再加入盐、味精等调味料，拌匀后放入笼屉中蒸熟即可。

古人多把槐树当作一种吉祥物，有古话说"门前一棵槐，不是招宝，就是进财"，可见槐树在老百姓心中的地位是多么高了。

查阅资料得知，古代汉语中槐官相连。在古代，槐树通常是宫廷官府里吉祥、富贵、尊优的象征。在《周礼》中有"面三槐，三公位焉"。槐位，指三公之位；槐卿，指三公九卿；槐宸，指皇帝的宫殿；槐掖，指宫廷；槐望，指有声誉的公卿；槐绶，指三公的印绶；槐岳，喻指朝廷高官；槐蝉，指高官显贵。此外，槐府，是指三公的官署或宅第；槐第，是指三公的宅第。

从隋代开始，科举考试关乎读书士子的功名利禄、荣华富贵，能借此阶梯而上博得三公之位，是他们的最高理想。因此，常以槐指代科考，考试的年头称槐秋，举子赴考称踏槐，考试的月份称槐黄。槐象征着三公之位、举仕有望，且"槐""魁"相近，企盼子孙后代得魁星神君之佑而登科入仕。

此外，槐树还具有文化意义，是古代迁民怀祖的寄托，是吉祥和祥瑞的象征。山西洪洞县城北五里贾村有座广济寺，寺内有棵大槐树成了当地标志，并流传："问我祖先在何处？山西洪洞大槐树。"许多漂泊在外的炎黄子孙，寻根问祖，不远千里来洪洞找这棵大槐树，可惜寺与槐早已不

见踪影，为了满足思乡之情，在原处立一碑，刻"古大槐树处"。槐与怀谐音，吴澄曾说："槐之言怀也，怀来人于此也。"所谓找槐树寻根问祖，其故皆源于此。

也因为槐独特的文化内涵，从古至今，历代文人墨客咏槐诗词不胜枚举，魏文帝曹丕、王粲均有槐赋。唐代王维、韩愈、杜甫、白居易，宋代欧阳修、王安石、司马光、苏东坡、梅尧臣、杨万里、陆游，明代吴宽、李东阳等均有咏槐的诗章。如："槐花十里雪山庄，万树镶银沁脾香。玉雕冰塑千簇锦，庭前落瓣点轻霜。"

在伊犁，槐花主要有紫色和白色之分，常被人们拿来做成美味的槐花饼、槐花饺子、槐花糕、槐花蒸菜、槐花炖肉、槐花炒鸡蛋等美食佳肴。槐花是可以药食两用的，它是一种常见的中药，具有一定的养生保健功效。

说起来，槐花浑身都是宝。

我听朋友说，四师可克达拉市这座新城种植了很多槐树，当然，还有桦树、法桐等多个树种，这里已经成为新疆最美的城市之一。每每说起这座令人骄傲的城市，便会想起父辈们为之付出的青春年华和智慧汗水。

又是一年槐花香。而此时已是物是人非，婆婆已经离我们远去，但她从山东老家带来的关于槐花的生活习惯却在我们家族后人的生活中继续。我在距伊犁千里之外的城市里怀念曾经拥有的幸福时光，那香甜的槐花铺满记忆之湖。

亭亭独芳雪莲花

"云岭冰峰素色寒，雪莲典雅峭崖欢。娉婷仙韵无尘染，蕙质冰肌献玉兰。"这是赞颂天山雪莲的著名诗句。

天山雪莲，是传说中雪域高原的精灵，被人们称为"圣洁之花"。

唐代岑参曾作《优钵罗花歌》："白山南，赤山北。其间有花人不识，绿茎碧叶好颜色。叶六瓣，花九房。夜掩朝开多异香，何不生彼中国兮生西方。移根在庭，媚我公堂。耻与众草之为伍，何亭亭而独芳。……""优钵罗"，梵语音译，也作"乌钵罗"，意译为青莲花、黛花、红莲花，汉语称雪莲。

这应该是天山雪莲最早的记载了。

传说天山雪莲是西王母洗澡时，仙女不小心掉入凡间的。天山雪莲带着仙气，如果遇到，寓意平安吉祥。天山雪莲，和天山一起成为新疆的象征。

据说，雪莲生长于雪线以下三千米至四千米高寒地带的岩缝和砾石坡地中，五年才能开花结果，所以非常珍贵。

哈萨克人称雪莲为"植物之王"，像崇拜天鹅那样崇拜雪莲，视她为爱情的象征。一位小伙子不畏严寒艰险从高山上摘来雪莲献给心爱的姑娘，总能打动心上人。时至今日，在哈萨克人的信仰中，雪莲仍是最好的爱情信物。

天山雪莲给我最深刻的印象，是二十多年前我在乌鲁木齐上大学时。暑假返回伊犁，长途班车走的是独库公路，那也是我平生第一次走独库公路，那个美，让我一生难忘。

那时的路况可比现在差远了，路面坑坑洼洼，加之道路在山间盘旋，左拐右拐，上上下下，我躺在上铺一摇一晃地随着车的节奏晃动，胃里翻江倒海的那个痛苦，现在想起来都心有余悸。

一路上昏昏沉沉，感觉时间过得真慢。忽然有人喊："多美的风景！"我侧身朝窗外看，果真，崇山峻岭，层峦叠嶂，山坡上绿草如茵，鲜花盛开。蜿蜒的山路如一条灰白色的飘带绕在山腰上。当车子行驶到一座山顶时，刚下过雨的山间浮起层层白云，罩在碧绿的山峦上，仿佛白色的丝绸披肩。有些白云慢慢地飘移到路上，我们好像在云雾缥缈的仙境中穿行。

当车行至最高处哈希勒根达坂（隧道）时，司机停下来让车歇歇，乘客们都下来休息。七月的达坂上披着白雪，隧道旁边的山体上还有厚厚的冰雪。

两个哈萨克族小男孩走到我跟前，手里高高举着一枝雪莲，操着生硬的汉语高喊："十块！十块！"那是我第一次见到雪莲，青白色盛开的花瓣薄如蝉翼，花茎并不高，根部还带着新鲜的泥土。两个小男孩仰起的脸庞布满了高原红，两双大眼睛闪烁着渴望的眼神，小手上还沾着黑色的泥土，于是我欣然买下。这朵来自天山深处的雪莲花，被父亲用珍藏的伊力特曲浸泡成药酒。

《本草纲目》中没有记载雪莲，但历代西域边塞诗中却不乏雪莲的身影，从中可见雪莲对于世人世界观、价值观的影响，特别是其高洁的品性令人称赞，历代边塞诗人、流放官员中不少以雪莲自喻，以明心志。如纪晓岚将雪莲的品质上升到哲学高度："此花生极寒之地，而性极热。盖二气有偏胜，无偏绝，积阴外凝，则纯阳内结。"清代关于雪莲的诗歌也较多，如祁韵士的"一枝应折仙人手，岂向污泥较色鲜"，王树楠的"蠢翠嶙峋石柱天，好花开遍雪中莲。世间冷尽繁花梦，天外飞来绰约仙"，等等。

清代医药学家赵学敏编写的《本草纲目拾遗》中记载："大寒之地积雪，春夏不散，雪间有草，类荷花独茎，亭亭雪间可爱。"它正确记述了雪莲的形状和产地。雪莲为多年生菊科草本植物，又名雪莲花、石莲，其根黑、叶绿、苞白、花红。生于新疆天山、阿尔泰山、昆仑山雪线附近的岩缝和砾石坡地中，以天山所产最多，质亦最佳。

为了抵御寒冷，天山雪莲的苞叶呈青白色，紧紧排列在一起，好像一只只手掌，护卫着中间的花朵。雪莲花的花瓣呈玉白色，花蕊是紫红色的，半球形，茸茸的。在皑皑白雪、坚硬乱石中，猛然看见一朵雪莲凌寒盛开，那种凛然姿态、沁人清香，令人震撼，惹人心醉。而这种景象，是常人难以看到的。

天山雪莲属珍贵的药用花卉植物，含有挥发油、蛋白

质、氨基酸、生物碱、黄酮类、酚类、糖类、鞣质等活性
成分，具有清热解毒、祛风湿、消肿、止痛等明显效果。

如今，在新疆各地特产店里均能看到天山雪莲的身影，
价格也不高。这是新疆加大雪莲人工栽培技术研究推广力
度的结果，据说人工种植的雪莲成活率达到 90% 以上，药
用成分比野生雪莲还高。此举减少了对野生雪莲的乱采滥
挖，实现了对野生雪莲的保护。

天山雪莲，作为新疆特产和一味独特的中药材，从高
寒雪线进入了千家万户。但我更期待，雪莲所蕴含的精神
意象能够走下雪线，进入我们的尘世生活。

蓝色风信子

一束蓝色的风信子，静静地立在蓝色的细高的玻璃瓶中。阳光透过窗户洒下来，静静地铺在花瓣上，一簇簇盛开的蓝色花瓣的边缘已渐渐变白。

这是一束陪伴我十多年的花。已经记不清它从哪来，只记得这么多年来，每次搬家最不能忘记的就是这束花。

所有花中，我最爱的是薰衣草。大概是因为出生成长在"中国薰衣草之乡"伊犁吧，加之多年采访挖掘整理薰衣草的历史文化，对其情感日深一日，直至一生不可分离。

一直喜欢养花，却因经常出差喜欢养些皮实的花，家里养的大多是观叶花，绿油油的，无论冬夏，进家门便是一派小森林的感觉，煞是喜欢。

我喜欢薰衣草，但薰衣草花期太短，而且那时候市面上还买不到薰衣草干花。不知何时遇到了这束风信子，便喜滋滋地捧回了家。看顾长的美丽花束，便配了一个蓝色

细高玻璃瓶，犹如修长的美人，放入风信子，居然是绝配。

当年住伊宁的小区时，房子不大，窗台不大，又是朝西，养不了几盆花。及至改善居住条件，搬到现在的复式楼，楼上楼下两层，正正的坐北朝南，阳台窗户特别大，楼上还是落地窗，阳光太充裕。于是花们一个个来到我家，直到两个阳台摆得满满当当，一片葳蕤。

无论时光怎样变迁，这束蓝色的风信子始终跟随着我，始终端立在我家电视柜一角。调到乌鲁木齐这六年，一直租房，三次搬家。无论搬到哪，这束蓝色的风信子始终跟随着我。

实在不能忍受搬家之苦了，最后终于买了房，下定决心：这是最后一次搬家。家背后就是花市，得空常去逛花市，才见到了风信子真身。

风信子花，由无数个六瓣小花朵组成，密密匝匝聚在一起，花香浓郁，花形奇丽，花色丰富。据说，风信子是研究发现的会开花的植物中最香的一个品种，它的花香可以稳定情绪、消除疲劳。

风信子有着造型独特的球茎，适合种植在花园、室内等。我们在花市所见，有很多是水培的，放在透明的花瓶中，可以欣赏到其根部的成长变化，也很受爱花者的青睐。

有一天，下班回到家，看到书房桌上摆了一盆水培绿叶花，叶子细长，像兰花叶。

我问丈夫："这是什么花？"

他回答说："是风信子。一个老头挑着担子到办公室门口卖，想着你喜欢就买几枝回来。"

我心下为丈夫的一片情意感动，但又觉得这花叶片细

细的，哪有风信子的样子。像丈夫这般粗枝大叶的男人，一看就是个好骗的。没准儿被老头给忽悠了。

这花儿养了多日，每天回到家进书房，就看到它一副"病恹恹"的样子，看着心里不舒服。一天，我实在忍无可忍，让丈夫把它扔出去。丈夫不同意，最后我俩居然为这花扔与不扔红起脸来。我一想，为了一束花，何必如此？就当看不见得了。

不知不觉又过了若干天，某一天下班回到家，进门便闻到一股淡淡的香味，我很是好奇，问丈夫，他笑而不语，神神秘秘的样子。我寻着香味找到书房，天哪，那盆可怜的花居然开出了鹅黄色的花！那黄色的花蕾也如叶片一样瘦瘦弱弱，但它的确是风信子！

查阅资料得知，风信子的花语是"点燃生命之火""重生之爱"，有着生机盎然、体味生活的寓意。它的一些品种也有自己独有的花语，比如紫色品种的花语为"悲伤、忌妒和忧郁的爱"，蓝色品种的花语为"生命"，白色品种的花语为"沉静的爱"，红色品种的花语为"感谢你"，黄色品种的花语为"幸福美满"，等等。

关于风信子还有一个美丽的传说。

传说英俊潇洒的美少年海辛瑟斯和太阳神阿波罗是好朋友，而西风之神杰佛瑞斯也很喜欢海辛瑟斯，且常为此吃醋，但海辛瑟斯总是较喜欢阿波罗且经常和他一起玩乐。有一天，当他们正兴高采烈地在草原上掷铁饼时，恰巧被躲在树丛中的杰佛瑞斯发现了，杰佛瑞斯心里很不舒服，想捉弄他们一番。

当阿波罗将铁饼掷向海辛瑟斯时，忌妒的西风之神偷偷地在旁边用力一吹，竟将那沉甸甸的铁饼打在海辛瑟斯的额头上，一时之间血流如注，这名英俊的少年也因此一命呜呼了。阿波罗惊慌之余，心痛地抱起断了气的朋友"唉！唉！"地叹着气，只见海辛瑟斯的伤口不断地涌出鲜血，落到地面上并流进草丛里。

不久之后，草丛间竟开出串串紫色的花，阿波罗为了表示歉意，将这种花以少年之名来命名，我们则音译为"风信子"。紫色的风信子从此被后人认为是"忌妒"的代言者。风信子也象征"永远的怀念"，难怪欧美人常将风信子的花样雕刻在亲人的墓碑上，以示"永久的怀念"。

欧洲人对风信子有一种特殊感情，传说亚当和夏娃的床便是由风信子的花瓣铺成的，象征着无尽的浪漫。在英国人的婚礼中，新娘的捧花和饰花中也喜欢掺杂一些蓝色

的风信子，有婚姻幸福的含义。

　　当下流行"断舍离"的极简生活方式，我也努力简单但却做不到，因为我喜欢收藏旧物件，儿子小时候画的画、玩过的玩具、读过的书，穿过的有纪念意义的几件衣服，自己的日记本、画册，还有其他具有纪念意义的东西。数十年一起走过的时光、相互陪伴的日子，都沉淀在这些和我一起变老的旧物件里。

　　随着岁月的流逝，它们都成为过去时光的纪念品。每每整理这些物件，涌上心头的是对旧时光的怀恋、对旧日幸福时光的回味。那是极简生活中没有的美丽心动。如同眼前这束蓝色的风信子，这么多年过去了，它依然点缀着我每天的时光。

童年的指甲花

　　小时候并不知道有种叫凤仙花的花，长大后才知道，就是我们小时候常用的指甲花。

　　指甲花，叶片翠绿，边缘有红色。开的花有粉色、大红色、玫红色，花形奇巧，有头有尾有翅有足，宛如一只飞翔的凤凰。

　　我家住在六十四团九连，那是个汉、回、维吾尔、哈萨克族等多民族共同生活的连队，各民族混居在一起，非常团结友爱。

　　少数民族女性都喜欢包指甲，那时家家院子里都种着很多指甲花，我们连队也不例外。我和姐姐也特别羡慕，缠着妈妈给我们包。但妈妈不但要做家务，还要跟爸爸一起种地。家里两块地加起来有四五十亩，妈妈从早忙到晚，哪有闲心伺候我们包指甲。但她架不住我们姐妹俩的软磨硬泡，终于有一天答应给我们包指甲。我和姐姐那个开心

啊，一整天都屁颠屁颠的。

晚上吃完饭，我们听妈妈的话去院子里掐一些指甲花，掺些明矾，仔细捣碎，又去门外摘些麻叶子和稗子草秆。忙完这些，天已经黑了。

妈妈在昏暗的灯光下给我们包指甲。先在大拇指指甲上敷一层捣碎的指甲花，再用麻叶紧紧地将拇指包住，用稗子草秆绕几圈扎紧。一个指甲就这样包好了。等把我们姐妹俩的两双手包完，已是夜深时分。妈妈特别交代，晚上睡觉不许放屁，要不指甲就被屁熏黄了，再也染不红了。

于是，我们笨拙地耷着两只手钻进被窝睡觉，丝毫不敢乱动，更不敢放屁，生怕这千辛万苦包的指甲被熏黄了，那可白浪费感情了。

早上一睁开眼，先举起双手看，发现昨晚包得整整齐齐的麻叶子已经东倒西歪，有的已经脱掉了。十个手指甲，有的红有的黄，但总体还看得过去，有的确实不红，就缠着妈妈单独再来一次。指甲花，就这样在我们的童年、少年时代留下了美好的记忆。

查阅资料得知，凤仙花，别名指甲花、透骨草、金凤花、急性子等，主要产自中国和印度，花形似蝴蝶，颜色多样，善变异，因而很多时候我们能在一株花上见到不同颜色的花朵。凤仙花的果实成熟后，只要轻轻一碰，果壳马上迸裂开，仿佛迫不及待地要人看清她的"肺腑"，所以人们就叫她"急性子"。

凤仙花既可食用也可药用。其嫩茎可炒、烧、烩、腌、泡、炒肉片、烧肉片、烧青笋等，有独特的风味。

凤仙花全身可以入药。

花，有祛风、解毒、活血、消肿、止痛等功效；茎，中药名叫透骨草或凤仙花梗，有祛风湿、活血止痛、清热利尿、消肿解毒的功效；根，有活血通经、消肿止痛的作用；种子，有软坚消肿的作用。

关于凤仙花，还有一个美丽的传说。

传说很早以前，古峰山下住着一户人家，女儿叫凤仙，早年丧父，和妈妈相依为命。有一次，凤仙的妈妈突然得了重病，手背和手指红肿，指甲眼看要脱落，农村称这种病叫"指甲棒"。凤仙的妈妈得了这种病，整日痛苦不堪，痛得连觉也睡不着。方圆百里的大夫都看遍了，也不见好转。凤仙看在眼里急在心里。

有一天夜里，凤仙做了一个梦，梦见一位白胡子老爷爷对她说："凤仙，世上有一种花，你把它的花摘下来捣成泥，包在你妈妈的指甲上，就能把你妈妈的病治好，那花

长在武当山的山顶上。"于是，第二天凤仙就告别了妈妈，去武当山寻找那株花。

一路上，凤仙受尽了磨难，经过九九八十一天长途跋涉，终于来到了武当山。当她爬上山顶，寻遍了也没找到那株花，累得晕了过去。她又梦见那位白胡子老爷爷，他对凤仙说："凤仙，快醒来！面前就是你要找的花。"

凤仙睁开眼，发现面前的确有一株花。于是，她小心翼翼地把花挖出来，带回家把它栽在自家门前，这株花很快长得很茂盛了。凤仙按照老爷爷所说，把花摘下来捣成泥状，包在妈妈的指甲上，涂在手背上。慢慢地，妈妈的手指、手背消肿了。过了半个月，妈妈的病奇迹般地痊愈了。凤仙非常高兴，给这株花起名"指甲花"，每年秋天收集花种，到了第二年春天种下地，长出更多的指甲花。

当地的人们知道了这件事，都从凤仙家里要种子，家家户户都种指甲花。后来人们为了纪念这位孝顺的女儿，把指甲花改名叫"凤仙花"。

没想到凤仙花有这么美的传说，这也是中国传统文化的魅力所在，如春雨细无声，如春风过无痕，但却温润人心。

永远的麻秆花

　　细高的茎秆直立，叶片圆形互生如巴掌大小，花朵如掌，色泽丰富艳丽，常见粉红、大红、白色等。今天我才知道这种童年少年时代家里菜园、田间地头、沟渠边常见的花叫丝路之花，学名蜀葵，还有端午锦、棋盘花、秫秸花、斗篷花、吴葵、胡葵、戎葵、卫足葵等二十多个名字。又因其高可达丈许，花色多为红色，故名一丈红。而多年来在我的记忆中，它叫麻秆花。

　　《广群芳谱·花谱二五·蜀葵》："蜀葵⋯⋯一名一丈红。"原注引《草木记》："浙中人种葵，俗名一丈红，有五色。"鲁迅在《野草·好的故事》中写道："河边枯柳树下的几株瘦削的一丈红，该是村女种的罢。"

　　查阅资料得知，麻秆花原产中国四川，全国各地、世界各国均有栽培，供观赏用。根、茎、叶、花、种子都是药材，有清热止血、消肿解毒之功效。

　　麻秆花根含糖、醇类物质。花含花青素、红色素、葡萄糖等。从花中提取的花青素，可为食品的着色剂。种子含脂肪油，油中不饱和游离醇占 34.88%。茎秆含纤维，可代麻用，作编织材料。《群芳谱》中记载："取皮为缕，可织布及绳用。"

　　在新疆，麻秆花六月开花，直至九月。因为六月麦熟时正好也是它花朵初开的时节，因此人们将它盛开的花期作为麦收的吉日，将麻秆花也称作"大麦熟"。

盛开的麻秆花，常被我们女孩们作为装饰花环的重点花朵。当然也会采摘几枝装入玻璃瓶中，放在客厅或卧室窗台。

麻秆花花落后会结籽，出生于二十世纪七十年代的我们，小时候缺吃少穿，会和小伙伴们成天疯在田野里到处找吃的，特别是花草的嫩茎。麻秆花果盘是扁状圆饼，种子成熟后是黑色的，会自动从果壳中脱落。种子未老时是白色的，被包在青色果壳中，如同密密麻麻的小米粒，咬一口，白色浆汁溢满口腔，散发出淡淡甜味，是我们小伙伴比较爱吃的食物。

二十世纪八十年代初实行包产到户，团场连队职工们每家都分了宅基地，盖起了房子。当然，那时的房子都是自己打土块盖的。我家也分到了一亩半宅基地，父亲规划了一亩地菜园，半亩地用来盖房子。

记得我和哥哥帮着打土块，哥哥力气大，端大模子，我年纪小力气小，端小模子。挖土，和泥，上模子，端模子，卸模子。虽然满头大汗，浑身酸痛，但也是快乐地干活，只一个目标：尽快打出足够多的土块，早日盖起自家的房子。

房子终于盖起来了，房屋坐北朝南，一溜四大间，高大气派。父亲带着我们又在旁边盖了厨房和库房。从此，我家有了客厅，父母有了自己的卧室，我和姐姐也有了自己的房间，当然哥哥也有了自己的房间。父亲在房屋前打出一片开阔的地坪，可停放车辆，堆放收获的粮食。

告别破旧的兵营式的排房，我们搬进了新房。勤劳的父母亲省吃俭用，攒钱买了一台小小的黑白电视机。就是这台小小的黑白电视机，带给我们兄妹和连队左邻右舍无限快乐。

大家都拿着小凳到我家院子，父亲把电视机放在高处，春夏秋季节，偌大的院子里坐满了兴高采烈的人们。《排球女将》《霍元甲》《西游记》等电视剧让我们大开眼界，也把我们的业余时间紧紧地吸引在电视前。每天晚上，直看到电视屏幕上雪花出来没了信号，才恋恋不舍地回屋睡觉。

有了一亩地的菜园，父亲和母亲高兴得合不拢嘴，全部种菜，一家五口人肯定吃不完。父亲在屋前种了一排葡萄树，在菜园最南端种了梨树、枣树、杏树，其余地块用来种菜。

而爱花的母亲在葡萄树前的水井旁边种植了大丽花、麻秆花、黄菊花。到了夏季，用花团锦簇形容一点也不为过。因为这些花都开得那么拼命，一簇簇，一丛丛，红艳艳，粉嘟嘟，让这一亩半地的院落散发出朴素的豪气和喜气。

麻秆花生命力顽强，道路旁、沟渠边、田野里，房前屋后，随处可见，随便撒几粒种子就会长出一簇簇，或者根本不知道何时落下的种子，春天到了就钻出土，不求水，不争肥，蓬勃生长，然后开花结果。如同大地上那些普通朴素的人们，不畏风雨，不怕干旱，乐观向上，默默地成长，默默地盛开，让大地因他们而更加美丽。

苇花深处

　　说起芦苇，自古以来最为出名的就是《诗经》里的《蒹葭》："蒹葭苍苍，白露为霜。所谓伊人，在水一方。……"字里行间所表达的爱与思念，弥漫着甜美和忧伤的气息，千百年来打动了多少红尘男女的心。

　　而芦苇于我的记忆中，那青碧挺拔的茎秆，那随风摇曳的身姿，那萧瑟秋风中盛开的白色苇花，都是童年或少年时期滤过生活苦难泛着丝丝甜味的温暖记忆。

　　我的家乡可克达拉农场，位于新疆兵团四师六十四团，现更名为苇湖镇，这是一个所有可克达拉人都不愿接受的名字。虽然四师新成立的市借用了我们团场的名字——可克达拉，但我们还依然叫我们的家乡"可克达拉"，因为这是来自血脉深处的名字，一个无法更改的名字。

　　小时候我家在距团部五公里的九连。关于芦苇最初的记忆，是连队边大排碱渠里高高的芦苇丛，是水库周边密

密匝匝的苇湖，是父母承包的土地里倔强丛生的芦苇。

20世纪80年代初，兵团实行联产承包责任制，我家也分得了两块地，一块叫"一千五"，一块叫"八百四"，每块二十三四亩地，到现在我都不明白为什么这么叫，是指面积？还是指路程？

名叫"一千五"的地里全是戈壁石块，每年春天，我和哥哥都跟着父母到地里捡石块。捡了两年，地里的石头没了，我们又开始捡苇根。"东方红"是一头使不完劲的老牛，带着白碱草根的土地被犁铧翻开，长长的白白的苇根袒露在阳光下，被切成一节节。我们一边捡苇根往怀里塞，一边偷空抽出一根在裤腿上抹抹泥土放在嘴里嚼，一丝丝甜味沁入心头，脸上不由自主乐开了花。

一群群的乌鸦追着"东方红"，在刚翻过的土地上空盘旋，不时落在地里吃翻出来的东西南北（地老虎的蛹）。哥哥会捡个东西南北来吓我，我是最怕见这些软体动物的，尖叫着向妈妈告状，妈妈就会大声呵斥他。

通往"一千五"的路全是土路，夏天浮土很厚，一脚下去，泛着白碱的浮土会没过鞋面。被大太阳晒得几乎烫皮肤的浮土钻进我们从不穿袜子的布鞋，垫在脚底下，热乎乎软绵绵的。

与父母聊起这些往事，母亲问我是否还记得那次我和哥哥抬着刚做好的面条去"一千五"给他们送饭，结果半路上不小心摔倒在地把桶打翻了，半桶热气腾腾的面条都洒在地上，吓得我哭鼻子。最后，还是和哥哥赶回家又抓紧时间做了一锅面条送到地里，导致他们四点多钟才吃上饭。

我说当然记得了，哥哥那时十三四岁，个子不高，站在案板前擀面胳膊使不上劲，就踩在板凳上擀面。我负责烧火，那锅面条可费了我和哥哥好大劲。

没想到这么多年过去了，儿时的粮事父母还记得那么清楚。

经过父母几年的苦心经营，"一千五"这块地没了戈壁石块，没了芦苇，洗去碱，成了肥沃的良田。父母种过麦子、黄豆、高粱、玉米、棉花。每年夏收，麦子上场晾晒好，该上交公家的就上交了，剩下的拉回家里做口粮。因为父母精心管理，小麦亩产量都在四五百公斤，也就是所谓的"千斤田"了。地方乡村的农民喜欢到我家里来买小麦，说是当种子用。

父亲说，土地承包深入人心，职工对自己种的作物有了自主权，我们的生活也慢慢好起来了。

新疆人包粽子，都用苇叶包。每到端午前夕，我和哥哥会应母亲的要求，到水库边的苇湖采那肥肥大大的苇叶。小时候，粽子对缺吃少穿的我们来说是个稀罕物。母亲包的粽子是极平常的，大多里面包的是几颗红枣和花生。就这样，也让我们馋得流口水，眼巴巴地守在灶前，闻着那渐渐冒出来的粽叶清香和米香，盼着粽子能早点出锅。

谁能想到，几十年之后，我们的生活发生了翻天覆地的变化，衣不蔽体、食不果腹的时代一去不复返了。如今的粽子可谓五花八门，品种繁多，让人眼花缭乱。但我记忆深处的，还是芦苇叶包的粽子。

芦苇，禾本科，多年生草本植物，生长于池沼、河岸或水渠旁，遍布我国各地和世界温带地区。中国古人将蒹、芦、苇、荻统称为芦苇。芦苇性寒、味甘，其叶、花、根、笋均可入药。《本草纲目》中说芦叶"治霍乱呕逆，痈疽"。芦叶可治发背溃烂。芦花止血解毒，治鼽衄、血崩、上吐下泻。芦茎、芦根更是中医治疗瘟病的要药，能清热生津，除烦止呕。

查阅资料得知，芦苇，居然被誉为"生命之花"。不过，想来倒也蛮符合它的实际。因为芦苇在世界各地均可见到，是常见的植物。春，有盎然的生机；夏，有生命的葳蕤；秋，有盛开的芦花；冬，有傲雪的气节。无论春夏秋冬，季节更替，芦苇始终傲然挺立。无论世界哪个角落，只要有一点点水，就会有芦苇摇曳的身影。也许，这就是它"生命之花"花语意义之所在吧。

苹果花开阿热勒

"分明是江南 / 分明是烟雨 / 可又见芳草连天牧歌马蹄飞 / 分明是塞外 / 分明是边地 / 可又见桃花汛里三月鲟鱼肥啊 / 遥远的阿热勒 / 烟波半岛青山画屏里……"这首名叫《阿热勒情思》的歌曲是兵团第四师七十八团团歌。歌曲悠扬婉转,将一幅糅合了江南柔美、边疆风情和军垦特点的动人画卷徐徐呈现在听众眼前。

"阿热勒"是哈萨克语"半岛"的意思。七十八团团部所在地阿热勒镇,位于八卦名城——特克斯县城外五公里处。这里三面环水,气候温和,景色宜人,因盛产苹果而名扬疆内外,是特克斯县城的后花园。因为境内多山区牧场,一度以畜牧业为支柱产业,过去被称为"二牧场"。

穿过特克斯县城,过阔克苏河大桥,沿一条平坦的柏油路走,两旁的果园摇晃着你的心旌。不到十分钟,就到了阿热勒镇,一个静静安卧在山脚下的小镇。

　　阿热勒镇依山傍水，周围到处都是大片大片的苹果林。站在镇上唯一一条并不宽阔的街道上，可以看到近处层叠的山峦和山脚下片片茂密的苹果林。阔克苏河穿过崇山峻岭，越过山谷险滩，沿着小镇的边蜿蜒流过。

　　七十八团是四师最小的团场，团部只有短短一条小街，但街道干净整洁，营区房屋规划有序。到 2010 年，这里才有了建团半个世纪以来的第一栋住宅楼。全团只有耕地 1.8 万亩，但却是全师苹果种植面积最大的团场，堪称伊犁著名的苹果园。

　　如果在春天来到阿热勒，远远就可以闻到袭人的花香，放眼望去，层层叠叠的苹果花粉的、白的、红的密密匝匝地挂在枝头，远看如一片彩色云霞栖落在碧绿的枝头，近看朵朵花瓣似张张绽开的笑脸，在阳光下盈盈盛开，散发着香甜的味道。一户户农家就掩映在这果林之中。

　　以前，二牧场的苹果也比较"出名"，是因为这里出产的苹果又小又硬，品相不好，硬得崩牙。甚至有些年，这里的苹果是论堆卖的，卖给榨汁厂榨汁用，一公斤两三毛钱。那时候的苹果身价，还不如麦子、黄豆等大宗农产品。

　　发展种植业，土地面积有限；发展畜牧业，草原载畜量有限。进入二十一世纪，市场倒逼着这里的人们不得不思考如何让自然优势、地缘优势真正发挥出来。

　　于是，疏花疏果、套袋贴字、生产蛇果，一系列果业新技术新成果在当地得到推广应用。渐渐地，果园变成了标准化果园，树上挂满了又大又红的各种苹果。

　　因为阿热勒地处逆温带，日照充足，温差大，这里盛产的苹果色泽红润，口感甜脆，果香浓郁，耐贮藏、运输，成为中亚、西亚客商的首选，每年出口供不应求。

丰收季节，阿热勒果香四溢，慕名而来的中亚客商把所有商品果全部包了，拉到中亚市场赚得盆满钵满。阿热勒的苹果真成了"金苹果"。

因为工作性质，我曾无数次来到阿热勒采访，无数次目睹了苹果花开的胜景，也见证了这个小镇的嬗变。

在我的电脑中至今还保存着几张来自阿热勒果园的照片。照片上身穿大红色外套的女主人双手托着压弯枝头的蛇果笑逐颜开，阳光照在她的脸上，她麦栗色的脸庞让整个季节都变得更加生动起来。

而蛇果，这种进入内地大型超市的高端果品，尾部的五棱使苹果的身体更加修长立体，因为整个夏季充裕的阳光，苹果表皮变成深沉的酒红色，照亮了整个果园。

就在这雪山／就在这草原／白云深处牧歌声起如画的家园／就在这半岛，就在这半山／半岛的苹果熟了甜蜜如初恋／啊，浪漫的阿热勒／波动半岛妩媚的月色……

正如浪漫唯美的歌词中所描写的，金秋时节，阿热勒的苹果熟了，让这个雪山草原怀中的"半岛"充满了如初恋的甜蜜气息。

这弥漫小镇的甜蜜气息，冲击着世代只会放牧的哈萨克族牧民，越来越多的牧民开始学种苹果树，学科学管理，腰包越来越鼓。就连当地出名的酒鬼，也从酒精的麻醉中醒来，在连队技术员手把手的教带下开始学种苹果树。

苹果，这种普通的水果，成为阿热勒小镇居民的幸福果。

　　在伊犁，苹果花是一种非常常见的果花。

　　苹果花的花语是纯朴、心地善良，还有指引、平安的含义。苹果花有五瓣花瓣，有白色、粉色、玫红色等，盛开时香气扑鼻。苹果花花期并不长，盛开不久便凋谢。落英缤纷之时，也是苹果萌生之时。最终，在金秋，我们会遇见无数带着成熟欣喜的香甜苹果。

　　绿色草原延伸着红色的足迹 / 又闻军号响 / 又见炊烟起 / 峥嵘岁月沧桑巨变谱写新传奇 / 啊，神奇的阿热勒 / 多彩半岛希望的土地

　　神奇的阿热勒，神奇的金苹果。

千年红柳千年歌

对于新疆人来说，最不陌生的植物，应该就是红柳了。

咸涩的碱滩、干旱的大漠、寂寞的荒野、奔放的大河，丛丛茂盛的红柳，安静地生长。

肆虐的漠风吹不倒它，咸涩的碱水泡不死它，荒野的寂寞吓不倒它，奔流的河水冲不倒它。春天，它顶风冒雨绽放新绿；夏天，它葳蕤生长染绿边疆；秋天，它热情绽放花红如火；冬天，它浴雪冒霜傲立大地。

红柳，在新疆人的生活中是非常重要的一种植物。说起吃，红柳烤肉是蜚声全国的新疆特色。在北疆伊犁、塔城、阿勒泰，在南疆阿克苏、喀什等地，当地少数民族就地取材，用红柳枝削成签子来烤羊肉串。

红柳，又称柽柳，因其枝条呈红棕色、花序为粉红色而得名。红柳花期较长，从每年的五月开花持续到九、十月份，开花时，或粉红或紫红的花穗布满全树，远远望去，犹如云霞，引人驻足。

红柳对戈壁荒漠地区的恶劣环境有着极强的适应能力，生命力顽强，耐旱、耐热、耐盐碱，在新疆分布较多，其根茎在沙丘下扎得很深，自己寻找水源，最深最长的可达30多米。因此，红柳在沙漠地区是防风、固沙、改良盐碱地的重要造林树种。

在伊犁河谷，河流两旁、田间地头、戈壁荒漠，处处可见红柳的身影。记得有一年夏季到伊犁河边玩，远远地就望见河边滩涂地如有粉红云霞飘浮，蔚为壮观，震撼人心。及至跟前，只见一人多高的红柳林十分茂密，枝条顶部柳花盛开，绚若云霞。微风吹来，柳花摇曳，衬着蓝天白云，真是一幅绝美的风景。

红柳的生命力极强，在海拔较高的高原地区也颇为常见。一位记者就曾在穿越新藏公路时路过著名的大红柳滩，看到一丛孤寂的红柳。在这个海拔4200米、空气含氧量极低的地方，红柳留下了顽强的生命之美。

虽然大部分红柳都是灌木或者小乔木，但是，一旦条件允许，它就可以长成高大的乔木，而且它的寿命可以超过百年，甚至是千年，变成沙漠中的图腾。红柳、芦苇与胡杨，据说是新疆的"三剑客"。

红柳还因为和烤肉密不可分的关系，造就了新疆美食中的一个传奇。红柳枝叶本身会散发出一种特有的木质清香，在用其烤肉的过程中，红柳枝干会分泌出一种汁液，汁液中的碳水化合物可以起到调节肉类风味的作用，不但可以分解羊肉的腥膻味，还会把红柳特有的香味融入羊肉中。加上孜然和辣椒面的碰撞，烤出的羊肉外酥内嫩、肉香浓郁。新疆的红柳烤肉是真正的烤串之王，曾登上《舌尖上的中国》第二季，红遍全国。

1985年，在新疆巴音郭楞蒙古自治州一个叫扎滚鲁克的小村子里有人发现了一处古墓，在这个古墓里出土了中国最早也是保存最完好的烤羊排。这份烤羊排总共两块，一大一小，大块上有10根肋骨，小块上有8根，两块羊肉被一根木棍穿在一起。这根木棍就是红柳枝。据考古学家考证，这块烤羊排"烤好"的年代应为公元前800年左右，已经在墓中保存了2800多年。能完好保存的原因是墓穴在比较高的台地上，且气候干燥。

对兵团人来说，最不陌生的也是红柳了。因为红柳的枝干韧性和硬度很高，是良好的薪炭、编制和建筑用材，常常用来编制劳动工具。在劳动工具匮乏的兵团建设初期，生产生活中处处可见红柳的身影。如今在兵团各师市纪念馆，都可以看到红柳编制的抬把、筐子等物件。

在新疆和田地区，位于四十七团老兵镇的中国人民解放军进军和田纪念馆，是赫赫有名的爱国主义教育基地，每年都会有数以万计的各类学员、各地游客来到这里参观学习，瞻仰、怀念那些曾经为新中国解放事业立下汗马功劳的沙海老兵们，传承老兵精神。纪念馆内不乏用红柳编制的老物件：摆在地窝子外边的红柳抬把，挂在屋顶的柳筐，甚至屋顶也是用红柳搭建的。

1949年12月5日，中国人民解放军步兵十五团1800余名指战员从阿克苏出发，连续跋涉15昼夜，徒步行军1585里，穿越"死亡之海"塔克拉玛干大沙漠，完成了解放和田的光荣使命。

　　和田解放了，十五团遵照党中央的指示精神，快速派出骨干到各县担任重要职务，建立各级人民政府，发动群众剿匪反特，维持社会秩序，恢复生产，巩固人民政权，为和田的社会稳定、民族团结和经济发展建立了历史功勋。

　　1952 年，遵照党中央的命令，为了维护和田地区的稳定，十五团留在了和田，将士们把亲手开垦出的 4.5 万亩耕地无偿交给地方，而后开赴塔克拉玛干大沙漠腹地的夏尔德浪（维吾尔语意为"黑色的戈壁滩"）创建自己的家园。

　　从此，战士们把根扎在昆仑山下、大漠腹地，把一生交给祖国边疆，再也没有回过魂牵梦萦的故乡。

　　解放初期的和田地处偏僻，交通闭塞，民生凋敝，三面沙漠，环境恶劣。十五团遵守完全不吃地方、不与民争利、为各族人民大办好事的原则，选择水到头、路到头、远离村庄的荒原作为屯垦点，一边保卫边疆，一边进行大

生产，承受了无法形容的艰难困苦。

和田位于塔克拉玛干大沙漠南缘，自然条件极其恶劣，每年沙尘暴、扬沙和浮尘天气达 200 多天。

创业艰难，没有房住，就挖地窝子；开荒种地，没有牲畜，就用人拉犁耙；没有工具，就自己用红柳编抬把、编筐子。他们还自己架桥、搭窝棚。战士们每天劳动十几个小时，手上打满了血泡。

"连长连长别发愁，我们都是老黄牛；连长连长别着急，我们也会人拉犁；连长连长别害怕，咱们的任务落不下！"

就这样，战士们以革命乐观主义的精神战天斗地，铸剑为犁，风餐露宿、挖渠引水、开荒造田、架桥修路、植树造林，一手拿镐，一手拿枪，屯垦戍边，唤醒了亘古荒原，创造了人间奇迹。

在享誉全国、感动全国观众的《沙海老兵》电视连续剧中，红柳婚房，就是编剧精心设计的一个具有时代气息的道具。而沙海老兵们跌宕起伏的生产、生活和爱情故事也与这个精心搭建的红柳婚房息息相关。

就这样，红柳成为兵团人屯垦戍边的艰苦岁月中不可或缺的植物，为兵团发展、边疆建设立下了汗马功劳，也成为新疆大地上一朵令人仰视的花。

玫瑰，玫瑰

　　五六粒和田玫瑰，三四颗和田大枣，这是我每天早上的花茶。

　　别看这玫瑰花苞并不大，香味却很是馥郁，赛过了二十多年来我所喝过的所有玫瑰。为什么这朵玫瑰如此香甜？是因为它来自新疆塔克拉玛干沙漠南缘的和田地区于田县奥依托格拉克乡。

　　玫瑰，对出生成长在新疆兵团团场连队的我来说，小时并不多见。恋爱时所见的玫瑰花，是在乌鲁木齐上大学时男朋友为表达心意送的。当然，这几枝玫瑰不仅给我们的爱情加了码，而且成为记忆中的珍藏。

　　及至工作后，见到玫瑰最多的一次是在十余年前的六十九团，当地试种的近百亩大马士革玫瑰正值盛花期，特意邀请我们这些记者前往采访。那铺满田地的玫红、粉红的花朵，给我留下了难忘的印象，特别是弥漫在田野中

的馥郁香气令人如醉如痴。

大马士革玫瑰花香纯粹、细致，不仅花色艳丽，香气袭人，还具有活血化瘀、消肿止痛、美容养颜的功效，从花中提取出的精油被称为"液体黄金"，具有很高的经济价值。

后来，随着薰衣草、薄荷、玫瑰等香料种植产业的不断扩大，六十九团成为有名的香料产地，香料产业成为当地各族职工群众致富的优良产业。

一个人的眼界局限他的认识。因为局限，我在自己的认知里自得。而一次去南疆出差，路上见到的玫瑰花田震撼了我。

那是一年九月底去和田采访，驾车经过于田县奥依托格拉克乡，只见道路两边是整齐茂密的玫瑰花田。由于是正午时分，南疆的秋阳依然炙热。但我们一行顾不得阳光暴晒，欣喜地进入花田拍照。

玫瑰花枝高到腰部，枝头开着零星的花瓣，在阳光下有些萎蔫。倒也是呢，这么大的太阳，谁能扛得住？空气中弥漫着浓郁的玫瑰花香，香里裹着甜，让人闻着心醉神迷。难怪玫瑰花代表爱情呢，原来这么香这么甜。爱情，不就是香甜的滋味吗？

奥依托格拉克乡，就是于田县著名的玫瑰小镇，是新疆远近闻名的"玫瑰花之乡"。

于田，中国古代丝绸之路之要冲，东西方文化在这里融汇，各地物产在这里交换，形成了最古老的集市。这里盛产的沙漠玫瑰被称作是"一朵可以入药的玫瑰"。两千多年来，沙漠玫瑰早已融入当地人的生活，形成独特的玫瑰文化，这里的男人精壮，女人漂亮，老人更是健康长寿。

于田是世界长寿之乡，这里的百岁老人很少有"三高"。沙漠玫瑰已经成为他们的日常食材了，泡茶或炖羊肉都会放几粒，玫瑰花酱更是日常就馕下饭的佳品。

玫瑰在和田地区栽培已有两千多年的历史，是最具和田地方特色的经济作物，主要分布在于田县、和田市、墨玉县、和田县等地。以前，当地百姓通常把玫瑰花栽在房前屋后，既能观赏，花朵也能食用，大面积种植的很少。

和田玫瑰是世界著名的大马士革玫瑰自然优化的品种。大马士革玫瑰原产于叙利亚，一千五百多年前，传到塔克拉玛干，并在沙漠边缘扎根。受到塔克拉玛干地区地理条件、自然气候影响，大马士革玫瑰在香型、品质上得到了极大提升，成为迁徙玫瑰品种中的上品玫瑰。

和田玫瑰生长在塔克拉玛干边缘，昆仑山雪水浇灌，日照时间长，一年只开一次花，生长期长，花期短，产量低。经当地姑娘手工采摘，直接进入密闭标准化有机生产，充分保留了天然玫瑰的成分，花香扑鼻，余味悠远，玫瑰香味纯正、浓郁、自然，是世界上独一无二的高地沙漠玫瑰，是地地道道的沙漠香魂。

世界玫瑰资源可分为平原玫瑰和高地玫瑰两种。和田玫瑰生长在塔克拉玛干沙漠南缘绿洲的天然有机基地，平均海拔三千米，实属世界唯一高地玫瑰资源，这得天独厚的地理光热资源优势赋予了和田玫瑰独特的品质。目前，和田玫瑰种植面积达六万亩，玫瑰产业成为当地农民增收致富的重要特色支柱产业。

和田玫瑰花，不仅花色艳丽、香气袭人，还有着广泛的用途和很高的经济价值。用它加工生产的玫瑰花酱、玫瑰花茶、玫瑰花馕等食品深受消费者喜爱，用它提纯的玫瑰精油是制作香水、护肤品的优质原料，极为名贵。

在新疆和田市区，有一个玫瑰花集中交易的地方，是和田著名的玫瑰巴扎。和田周边花农种植的玫瑰花，大部分都是在这里进行买卖的。

每年五月，是玫瑰花开的季节，玫瑰巴扎早早呈现出一派车水马龙的热闹景象。方圆数十里的花农们，赶着驴车，载着大包小包刚采摘下来的玫瑰花，从四面八方汇集到这里。很快，巴扎就成了玫瑰的海洋，处处弥漫着馥郁的玫瑰花香。

和田玫瑰品质优良，种植历史悠久，玫瑰花一直被当地人当茶饮用，深受和田人喜爱的药茶里就有玫瑰的成分，而玫瑰花酱则是当地人的传统食品。近年来，和田还开发了玫瑰精油、玫瑰香皂、玫瑰花酒、玫瑰花茶、玫瑰馕、玫瑰月饼等一系列玫瑰产品，深受市场欢迎。

玫瑰，玫瑰，这来自大漠的香魂，让南疆小城人们的生活变得越来越香甜。

罗马甘菊

　　曾经一段时间，每年夏季都会收到父亲请人从伊犁捎来的罗马甘菊。鹅黄的花蕊被洁白的花瓣紧紧包裹着，虽然是干花，但依然散发着浓郁的花香。往玻璃杯中投几粒，热水注入，不一会儿，花朵便在水中绽放，鲜艳如初，清香扑鼻。

　　我家在连队的院子有一亩半地，除了坐北朝南盖起了一排砖房，东面靠路边又盖起了一排厨房、库房等，至少还有一亩地是菜园。精打细算一辈子的父亲，不仅种了各种蔬菜，还种了苹果、梨、枣、杏等各种果树，院子南面基本是种了多年的高大茂密的果林。

　　父亲还在三棵枣树底下种了一小片罗马甘菊，长得非常旺盛。每到花期，父亲会一朵朵摘下来放在窗台上晾晒，不几天就能凑一大包，而后托人带给远在乌鲁木齐的我和姐姐。

　　父亲种罗马甘菊的习惯，始于他在"中国薰衣草之乡"六十五团生活的那几年。六十五团因种植薰衣草而闻名全国，当地职工又拓展种植了薄荷、罗马甘菊等香料作物，面积不断扩大，经济效益逐年提升。我就是很多年前在六十五团采访时认识罗马甘菊的。

　　罗马甘菊，别名英国甘菊，在我国又被俗称为洋甘菊，是春黄菊的一个品种，是一种名贵的高档天然香料，亦是名贵的天然保健植物，多年生草本植物，原产于欧洲中北部至南部、北美等地区。

　　罗马甘菊花形简洁，花瓣是白色的，花蕊是黄色的圆盘。花瓣不大，单层舌状洁白花瓣围聚在黄色花蕊周围，简单、清新、明快、雅致。

　　新疆非常适合种植罗马甘菊，因为日照时间长，光合作用强，雨水少，昼夜温差大，极有利于内在芳香油和有益物质的合成和积累。罗马甘菊具有水果般的甜香，花朵

较大而且芳香，含有丰富的氨基酸、挥发油、黄酮类化合物、镁、钙、铁、锌等有益成分，属于经济价值较高的药用花卉植物，也是一种新兴的香料植物。

罗马甘菊是多年生芳香植物，株高五十厘米左右，多分枝，茎上有柔毛，茎节处易生不定根。叶片二回羽状深裂，头状花序从长分枝顶端长出，单生，黄色，花期在五至六月。全株散发着浓郁的苹果芳香，具有防腐、抗炎、镇痉效果和改善作用。由于罗马甘菊自身的辛辣和芳香，病虫不侵染，在种植管理中不使用农药。

查阅资料得知，罗马甘菊被人类利用的历史极早，不少品种在石器时代便开始栽种，就如中国神农尝百草一般，许多罗马甘菊很早就被人类驯化利用。

早期，罗马甘菊被人类认为具有神奇的功效，当时的人们对于疾病总是认为是上天的惩罚，或是遭受鬼魅纠缠，此时负责沟通的祭司或医师经常采用芳香而无害的罗马甘菊来减轻疾病造成的痛苦。在敬神、葬礼及出征打仗时，罗马甘菊也扮演重要的角色，作为安定情绪的重要之物。

被后世尊称为"欧洲之父"的法兰克国王查理大帝曾下令广种罗马甘菊，他认为罗马甘菊是医生的工具及餐桌上美味的秘诀。因此，罗马甘菊可以说是早期人类文明的一部分。

欧美人多把罗马甘菊作为家庭草药或调理菜肴之用，多在厨房附近栽培，罗马甘菊也因此有"厨房花园"之称。

罗马甘菊的名字源自希腊文，意指"地上的苹果"，而其拉丁名意指"高贵的花朵"。因其散发出强烈的苹果香味，古希腊人称之为"苹果仙子"。

　　据十七世纪英国草药学专家、天文学家尼古拉斯·卡尔培波的说法，埃及人推崇罗马甘菊为所有花草之首，用来献祭给太阳，因为罗马甘菊能治热病。其他的文献则指称罗马甘菊是属于月亮的药草，因为它有清凉的效果。埃及祭司在处理神经方面的问题时，特别推崇罗马甘菊的安抚特性，它在历史上被尊称为"植物的医师"，因为它可以间接治疗种在它周围的其他灌木。

　　古希腊乡野医生曾用它来做处方，罗马甘菊名列欧洲人最常饮用花草茶的排行榜之首，啤酒厂也用它来添加啤酒的香味。

　　罗马甘菊的利用方式较多，可以用于泡茶、沐浴、调味、驱虫、布置环境及观赏等。罗马甘菊的全株，特别是

用水蒸气蒸馏花朵提取的芳香精油，含有当归酸、甲基丙烯酯、异丁酸正丁酯、正丁醇、异戊醇和春黄菊苷等成分。香气浓厚芬芳宜人，主要用于制造化妆品香料和食用香精。

罗马甘菊精油用途广，用量大，人们大面积种植罗马甘菊是为了获取精油，它是非常流行的保健品和药物制品。

罗马甘菊的花语是愈挫愈勇，象征着不屈不挠的精神，它是一种生命力非常顽强的植物，即使在恶劣的环境中也能顺利开花，是一种非常积极向上的花，充满了正能量。

植物的世界真是奇妙，小小的罗马甘菊居然蕴含着如此大的能量。此刻，眼前的这杯罗马甘菊茶让我钦佩不已。

大西沟野杏花

　　每年清明节前后，新疆伊犁霍城县大西沟的野杏花，俨然已经成为人们赴伊犁观光的一个最好理由。此时，伊犁高山草原还未绿，河谷其他花还未开，而大西沟的漫山遍野全是盛开的野杏花，如起伏的杏花波涛，将你淹没其中，喜悦、陶醉，不能自拔。

　　尽管官方已经将它更名为中华福寿山，但我们还是习惯性地称它为大西沟。大西沟，对我来说是一个并不陌生的存在。

　　我的家乡六十四团在大西沟有牧场，并且有牧民居住在大山深处。小时候，班里有位女同学的家就在大西沟，她的父亲以养蜂为生。每年暑假，我们一帮同学会约在一起骑自行车到大西沟玩。上百里路，早上去，晚上回，那时孩子们的身体真是棒，从没觉得累。

　　1987年的暑假，即将上高中的我骑着父亲的二八自行车与一帮同学一起去大西沟玩。去时是上山的路，怎么到达的已经记不清了，但记忆深刻的是，回家全是下坡路。那时的自行车也没刹车，全靠脚刹。晚上到家时，我脚上母亲做的布鞋厚厚的千层底居然破了个大洞，就此报废了。

　　近年来，在当地政府的大力支持和发展下，中华福寿山旅游区成功申报国家 4A 级景区。中华福寿山旅游区是集生态观光、文化体验、休闲度假、科普探险于一体的综合旅游区，天山松涛、高山草甸、奇花异草、睡佛古庙，自然山水与厚重多元的文化相伴，是人与自然和谐相处的乐园，是养生度假的福地。

　　这里还是世界罕见的野果类植物天然基因库，据初步鉴定，共有 5 种 17 属 43 个种类，而且绝大多数属国内特有野生种。其中分布面积大且具有一定经济价值的有野苹果、野杏、沙棘、马林等；属于稀有品种的是野核桃、樱桃李等；此外，还有野山楂、野蔷薇、野草莓、酸枣、天山花楸等。

　　这些野果林都是第三纪末到第四纪遗留下来的珍贵物种，是伊犁独特的生态环境孕育和造就的。其中最具代表性的就是樱桃李了，是亚洲唯一的野生樱桃李生长地，被称为"中国野生樱桃李之乡"。

　　每年进入四月，大西沟就成了花的海洋，蛰伏了一冬的野果林迎来了春天，也迎来了盛大的花季，红、黄、白、绿、紫，各类野果树和各种野花竞相展露风姿，蜂飞蝶舞，游人如织。

　　我多次去过福寿山景区，这里主要的人文景观就是福寿山庙，其实就是我们小时候听说的大西沟庙，当地人也

叫汉人庙，周围山峦起伏，林木茂盛，景色宜人。

福寿山庙历史悠久，最早可以追溯到元代。当时，著名道士长春真人丘处机随成吉思汗西征，途经阿力麻里城，福寿山庙弟子曾请他前去讲道。那时，福寿山庙声名远播，是当地有名的庙宇，前去上香求神的人络绎不绝。

公元 1225 年，成吉思汗分封诸子，将伊犁河流域分给二儿子察合台，察合台管辖着东起伊犁河谷，西南到阿姆河以东、以北，北到巴尔喀什湖和额敏河以南的地区，建立起了察合台汗国，首都为阿力麻里城（今伊犁四师六十一团所在地）。

阿力麻里城极盛时期，整个城池周长约五十里，仅东西就达十里，南北更阔。城内"市井皆流水交贯，多林檎园（苹果园）"，成为历史上有名的繁华城市，被誉为"中亚乐园"，欧洲人称其为"中央帝国之都"。阿力麻里城既是丝绸之路的交通枢纽，也是东西方文化的汇聚之地。

十四世纪末至十五世纪初，长期残酷的战争使一代名城阿力麻里荒废。直到清乾隆皇帝平定准噶尔叛乱之后，在阿力麻里城附近修建了惠远城，设立伊犁将军，统辖天山南北，使这一地区再次成为新疆的政治、军事、文化中心，再次成为内地与中亚商贸的重要通道。

1763 年，清政府出资，利用五六年时间先后在山腰修建了三清教主庙、三皇庙、玉帝庙等，共有三十七座神龛洞。大小庙宇依山而建，庙宇相连，环绕在福寿山间。清朝时期这里就成为新疆最大最早的道教活动场所之一，每年都要举行庙会，从农历六月二十一直延续到七月初七，长达十七天，期间前来上香求神的人络绎不绝。1945 年，福寿山庙宇全部被毁，现仅存两个弯月形天然古洞。

据《新疆图志》载："大西沟，即福寿山，石壁千仞，半壁间有大石洞一，小石洞数处，洞内并有流泉，洞外崇峦叠嶂，果木丛生，为绥邑胜景。"丘处机、祁韵士、洪亮吉、林则徐、谢彬、袁鹰等名人都曾驻留这里，留下传诵千古的妙文佳句。

随着人民生活水平的提升，旅游业越来越热，尤其是伊犁这样旅游资源丰富的地方，越来越多的人来伊犁旅游，而本地人游伊犁更是热火，因为生活在伊犁的人大都热爱大自然，喜欢休闲旅游放松。

几年前，大西沟的野杏花居然上了《新闻联播》，这让已经很热的大西沟更热了，前来旅游休闲的游客络绎不绝。

有一年清明节回家，因父母年事已高，不适合远行，而这个季节伊犁能看的也只有杏花了，想来想去，那就带他们去大西沟看看野杏花吧。

令我们意想不到的是，当我们驱车来到离福寿山景区还有三四公里的地方，路上堵满了车，根本走不动，一时半会儿进不去景区。看着一路上堵得如长龙一般的车队，我们灵机一动，反正沟沟都有美景，干脆我们找一条野沟看杏花吧。于是，往左拐进入一条山沟。

因为不是景区，路况自然不好，一路戈壁石子，一路泥泞，沿着沟里的一条便道我们一直前行，道路尽头是一户哈萨克族人家，一栋土坯房屋，一座羊圈，一个用树枝围起来的院子。房屋的背后是绵延起伏的开遍野杏花的山峦。但院子挡住了我们的路，要想进去，只有穿过这个院子。

　　门口的哈萨克族小伙子汉语不流利，但表达很清晰，想穿过院子进山看杏花一个人得交十块钱。这相对于景区的费用来说简直是廉价了，于是我们痛快交钱进山。

　　山坡并不高，但父母上不去，由姐姐陪着他们慢慢走。我和丈夫手脚麻利，一个劲儿地往山坡上爬。因为只有爬到高处才能一览美景，才能拍到好照片。

　　数年后，当我一次又一次认真欣赏当时拍摄的照片时，还是被眼前的美景所震撼。那是怎样的美啊！美得直抵你的心灵。

　　远方，重重叠叠、起起伏伏的青色山峦绵延不绝，再远方是雄伟险峻的天山雪峰为其作背景；近处，粉红、粉白的野杏花漫山遍野。绿色的山坡作底，红白相间的野杏花覆盖其上，整个山谷的空气中都弥漫着杏花的甜香味。

　　我们一直向上行至山坡最高处，前方是一片断崖。站在崖边向远处望去，起起伏伏的山谷里也铺满了野杏花。断崖处裸露的黄土和千百年来风雨侵蚀的千疮百孔，与生机勃勃、色彩秾丽的杏花形成了鲜明的对比，形成了十分震撼的视觉效果。

　　许多年过去了，我也算是个走过天南海北、见过一点世面的人，但大西沟盛开的野杏花海洋却是我心里最美的风景。

朵朵金莲映日开

多年前，一位朋友拍摄了一张令我震撼的照片，让我永生难忘。

一位爱好摄影的朋友在伊犁昭苏夏塔守候了很久，终于在一个阳光明媚、鲜花盛开的日子，于一个极佳的角度把冰山雪峰、夏塔古道和缤纷繁花的绝色之美定格在她的胶片上。一些搞摄影的人们看到这张片子时惊呆了，非说这是一张电脑合成的片子。朋友轻轻一笑，再不多解释，因为这美景是很多人一生可遇而不可求的，遇到了是她此生的幸运。

而这张照片里，雪峰前的草原上盛开的黄色花朵，我们通常叫它小黄花，后来才知道它又叫金莲花、金芙蓉、陆地莲等，朋友称之为"草原精灵"。

金莲花是伊犁大草原上常见的野花，花期在五至六月，主要分布于那拉提、昭苏、喀拉峻、唐布拉、托乎拉苏、恰西等草原、山谷等地。

　　金莲花呈金黄色，株高 30 至 70 厘米，花朵形似莲花，但比较小，金色花瓣捧着金色的花蕊，看上去像真金一样，在阳光下熠熠生辉。金莲花天生丽质，芳香四溢，一般会在草原上大面积连片盛开。

　　湛蓝的天空上悠闲地浮动着数朵白云，远处是绵延不绝的银色雪峰，眼前是一望无际的绿色草原，而草原之上铺陈着一层金灿灿的花毯，朵朵金花随风摇曳，不胜娇羞。茫茫草原成了巨大的金黄和碧绿相间的花园，金色的波涛随风起伏，美不胜收。

　　这样的画面不仅在伊犁大草原你可以信手拈来，在新疆其他地方的草原上也可以见到。站在草原上，你会感觉自己置身一幅巨大的油画中，风儿送来青草的气息、野花的幽香和冰峰的凉爽。

　　六月中旬的一个周末，和朋友一起到乌鲁木齐南山牧场菊花台游玩。进得山来，一路上，道路两旁的草坡上星星点点的黄花，一看便知是金莲花。

　　草原上一路绵延不绝的是青黛色的松林，远处的雪峰映衬着蓝天上悠哉的云朵，眼前的金莲花随风摇曳，婀娜多姿。

　　我拿着手机，匍匐在草地上，围绕着一丛金莲花狂拍不止，仿佛不把这些美景装进手机誓不罢休。

　　有人说菊花台这个名字的来由，是因为夏秋季节，当地漫山遍野盛开着黄色的野菊花。其实，盛开的不是黄菊花，而是金莲花。因为金莲花的花期比较长，盛开时一片一片，面积很大，远看如同金色波涛，被人们误认为是黄菊花。

　　金莲花也有着美丽的传说。五台山是文殊菩萨的道场，传说是文殊菩萨在五台山撒下的金莲花种子，因此金莲花又称"文殊花"，在佛教中具有重要的象征意义。清康熙皇帝对五台山的金莲花情有独钟，并将其移至热河避暑山庄，成为避暑山庄三十六景之一的"金莲映日"。

　　康熙皇帝还作诗数首，如："正色山川秀，金莲出五台。塞北无梅竹，炎天映日开。"诗前有序曰：光庭数亩，植金莲花万本。枝叶高挺，花面圆径二寸馀，日光照射，精彩焕目。登楼下视，直做黄金布地观。另一首："数亩金莲万朵香，凌晨浥露色辉煌。熏风拂槛清波映，并作芙蕖满院香。"可见康熙皇帝对金莲花的喜爱程度。乾隆皇帝也曾写下对联：塞外金莲恰似金钉钉地。大臣纪晓岚遂附和道：京中白塔犹如银钻钻天。也成为一段佳话。

　　河北沽源县老掌沟境内有一个地方叫金莲川，这里流传着金世宗与金莲花的故事。金世宗完颜雍在闪电河流域游猎，见盛夏时节碧绿的草原上盛开着朵朵金莲，美景如画，便以"莲者连也，取其金枝玉叶相连之意"，将此地命名为"金莲川"。

　　金莲花不但花形美丽，令人赏心悦目，还有很高的药用价值，被人称为"金疙瘩"。花入药可清热解毒，花茶具有美容养颜之功效，丰富的青花素可以加快毒素排出。

《本草纲目拾遗》记载：味苦，无毒，性寒。治口疮，喉肿。金莲花有"塞外龙井、养颜金芙蓉"之美称。

传说辽金时代最有名的女人萧太后经常冲泡金莲花饮用，因而皮肤白皙，直至中年以后依然青春靓丽。

金莲花的花语是"孤寂之美"，这也很符合它的生长环境和特点。

新疆的高山草原和河谷湿地均有大片金莲花盛开。随着新疆旅游业的升温和开发，更多的游客来到新疆，饱览边疆大好河山及绝美风景，而大草原上的金莲花也会让更多游客感受到那撼人心魄的美。

神秘的马鞭草

　　初识马鞭草，是在位于兵团第四师七十团的伊帕尔汗薰衣草观光园里。那是多年前初秋的一天，我前去采访，入了园，远远望去，园子里一片茂密的紫色。这让我惊讶，因为此时并不是薰衣草盛开期。

　　工作人员介绍，这是马鞭草。因为薰衣草花期太短，只有半月左右，而来伊帕尔汗薰衣草观光园旅游的游客较多，薰衣草花期过了，观光效果不好，给游客的体验不好。因此，观光园里种植了大片的马鞭草，马鞭草花期较长，可以从夏季一直开花到十月底，成为观光园里的又一道亮丽风景。

　　马鞭草花色淡雅，紫色的花海不亚于薰衣草花盛开时的效果。马鞭草花田里，远处的尖顶欧式小屋与紫色的花海相互映衬，营造出美丽浪漫的情调，游人争相留影。

　　马鞭草的俗名多达三十多种，其中许多名称不仅包含

了它的主要用途，更与神话传说紧紧相连。其中尤以非洲
和欧洲的传说最为动人。

　　相传，古埃及最受爱戴的女神伊西斯在丈夫奥西里斯
被赛特沉入尼罗河后，非常悲伤，她的泪水化成了马鞭草。
她沿河追寻，终于在尼罗河的入海口处找到了丈夫的尸体，
并带回埃及请求天神将其复活。然而，赛特得知后再次使
用毒计，将奥西里斯分成十四块，分散在埃及各处，并使
其迅速腐烂。但是，伊西斯并没有退却，她再次踏上寻找
丈夫的路程，并再次请求天神，让丈夫复活成了冥王。而
伊西斯独自抚养儿子荷鲁斯长大，最终帮助他打败了赛特。

　　伊西斯作为勇敢、忠贞、善良、慈爱的化身，一直受
到埃及人的崇拜。而伊西斯思念丈夫的泪水化成的马鞭草，

被赋予了正义、期待爱情回来的寓意，"伊西斯的眼泪"也成了马鞭草的通用名。时至今日，埃及人依然用马鞭草装点庙宇、住所，认为它能辟邪，护佑家人。

而罗马人则以马鞭草供奉维纳斯（古希腊神话中爱与美的女神），称其为"维纳斯的草药"，并用作爱情迷药，认为马鞭草能带来爱情，并能增添男性的魅力。时至今日的欧洲，恋人间也常将马鞭草作为分别时的爱情信物，象征着彼此对爱情的忠贞不渝，也用于挽救濒临凋谢的爱情。

而现代研究证明，马鞭草中富含"马鞭草宁"，具有促进血液凝固的作用。马鞭草用于止血、治疗刀枪伤的说法早在古代的欧洲便得到了广泛的认可与应用。在医学欠发达、战争较频繁的古代战场上，士兵们多携带马鞭草用于外伤急救。

马鞭草除了具有非凡的药用价值，还广泛用于巫术之中，这也是马鞭草被引种到北美的初衷。相传，美洲土著波尼人以马鞭草为原料制作"灵魂增强剂"用以解梦；也将马鞭草花枝放在爱人的枕头下，据说这样便可以出现在爱人的梦境之中；还用于放在房间里、床铺下，以便拥有安静恬适的睡眠。

在欧洲文化里，马鞭草和爱情有千丝万缕的关联。传说如果一个人有倾慕爱恋的对象，只要在表白之前用浸含马鞭草叶的水擦拭脖颈和双手，然后再握住对方的手倾诉衷肠，那么这对恋人的爱情将会"情比金坚，地久天长"。

日常生活中，马鞭草则多被诗人、作家所食用，认为其能增加创作的灵感。现代研究则证明，马鞭草的醇提取物具有滋补大脑、放松神经的作用。

马鞭草在中国古籍中始载于南朝陶弘景所编著的《名
医别录》。唐代的《新修本草》中阐释:"苗似野狼牙及茺
蔚,抽三四穗,紫花,似车前,穗类鞭鞘,故名马鞭,都
不似蓬蒿也。"元、明、清等朝代的古籍中均以记载其药用
价值为主。到了近现代,马鞭草被运用于治疗皮肤类疾病
的例子则日益增多。

马鞭草的醇提取物、芥子油等具有消炎作用,水提取
物具有镇痛作用,应用马鞭草对感染引起的疼痛和痛经症
状等有一定的缓解作用。

今天,当我认真查阅马鞭草的资料时,对这种从历史
深处走来的植物有了全新的认识。她身上的神秘气息和数
千年来的文化积淀,令我对人类先祖的智慧更加敬佩。

乌孙山野芍药花

　　如今，春夏季节，新疆各地盛开的花卉品种越来越多了，尤其花朵硕大艳丽、色泽丰富的芍药花，在园林中常成片种植，花开时十分壮观。

　　芍药花是中国传统名花之一，在中国的栽培历史已有数千年，是中国栽培最早的花卉之一。作为观赏植物栽培，最早见于晋代崔豹的《古今注》中，那时已有重瓣品种。隋代已有园艺栽培，经唐至宋代栽培日盛，品种增多。中华人民共和国成立后，各地栽培渐多，品种达两百余个。欧洲的芍药栽培，是从中国引进栽培品种后开始的。

　　芍药花雍容华贵，兼具色、香、韵之美，可与国色天香的牡丹媲美，素有"牡丹为王，芍药为相"的说法。古人形容美女还有"立如芍药，坐如牡丹"的说法。芍药被人们誉为花仙和花相，被列为六大名花之一，又被称为五月花神，自古以来就被视作爱情之花，被尊为七夕节的代

表花卉。可见芍药花自古以来在人们心中就有着非常重要的位置。

芍药花因开花较迟，又称为"殿春"。芍药花的花语是依依惜别，难舍难分，真诚不变，是富贵和美丽的象征。

多年前，四师机关院内小花园里种过几年芍药，有单瓣，有重瓣。五月盛开时，园内一片灿烂，大红、玫红、粉红、雪白，尤其重瓣芍药，花朵大如拳头，层层叠叠的花瓣在绿叶陪衬下绽放，愈加鲜艳迷人。花园里香气弥漫，蜂飞蝶舞，引得不少人来此拍照留影。我也不例外，带着十分喜爱芍药的婆婆来此拍照。夕阳余晖下，婆婆满是皱纹的脸上绽放着幸福的笑容。

婆婆小时候在山东烟台生活，离开后对那里常见的芍药花念念不忘，经常对我说起。自从看了机关小花园里的芍药更加念念不忘，听说这些芍药是六十六团培育出的，

竟然让我问团场朋友要几株回家种在阳台上。可惜，这个计划因为阳台实在放不下芍药庞大的花枝，最后不得已作罢。

让我更为惊艳的芍药花，是十多年前去位于察布查尔县乌孙山深处的六十九团煤矿采访一位医生时看到的。结束采访后，他问我们是否去看当地盛开的野生芍药花，并且有些遗憾地告诉我们，看野生芍药花应该在五月中旬，下旬有点晚，不一定能看到最美最壮观的芍药花景观。由于对漫山遍野山花的向往，我也顾不得那么多了，兴奋地请他带我们前往一探究竟。

到野生芍药花谷，要经过位于大山深处的六十九团煤矿，但因为原路被正在开采的露天煤矿完全封堵，我们转道从察布查尔县一个路口进去。这是一条崎岖险峻的山路，路左边便是湍急的河流，右边紧挨嶙峋的山石。路上的石头粗粝，棱角分明。尖尖的利刃朝上，车胎走在上面，就像扎在我心上。家里的车买回来两年，还从未走过如此难走的路。很多次，车轮就开在河岸的边缘，惊得我提着心抓着门把手不敢动。

一路上都可以看到零星盛开的野生芍药花，这预示着我们走的路是对的，前方一定有大片的花海。车行至无路之处，前方的山坡上漫山遍野全是野芍药花，都是玫红色的单瓣野芍药花，花朵硕大如拳。我们停下车，往山坡上爬。的确如那位医生所说，因为时间晚了一周，许多芍药花已经开过，但如此盛大规模的红色花海还是有一定震撼力的。有几位游客在我们前面来寻找野芍药花，惊喜地在山坡上拍照留影。

当我们爬到山坡顶上时，发现有许多如脸盆大小的坑，疑惑半天才搞明白，应该是盗挖野芍药根的小偷留下的作案痕迹。这也让我们愤怒盗贼之猖獗，为了一己私利，连这大山深处的野花也不放过。

因为芍药的根药用价值很高，是著名的中药材，芍药又被称为女科之花。南朝杰出的医学家陶弘景把芍药分为白芍、赤芍两种。它们的不同之处在于：白芍为栽培品种，功效长于补血养阴；赤芍为野生品种，其功用长于凉血逐瘀。这也是盗贼们到大山深处偷挖野芍药根的原因。

伊犁野芍药花，多年生草本植物，因花朵硕大，华美艳丽，形似牡丹，当地人称"野牡丹"，多生于海拔1000至2100米的山地林下或山坡草地、灌木丛、草原和山坡地，每年五月中旬盛开。

目前已知的野芍药，主要集中在察布查尔县白石峰森林公园、坎乡苏阿苏沟及琼博拉镇洪海沟。另外，霍城县大西沟乡福寿山、伊宁县托乎拉苏景区、巩留县塔里木森林公园等景区也有生长。

每年五月中旬芍药花盛开的季节，乌孙山深处的那片野生芍药花就会浮现在我的眼前。我知道，今生我不可能再去看那片芍药花海，但我希望有更多的游客能去欣赏它们的壮美。

永远的向日葵

　　向日葵是乡村生活中常见的植物，花盘形似太阳，花色亮丽，纯朴自然，充满生机。在新疆伊犁，向日葵一般会成片种植，开花时金黄耀眼，极为壮观。

　　在伊犁巩留县莫合乡，有一个拍摄向日葵的最佳地点，每年都会有许多摄影爱好者追逐着向日葵田拍摄，创作出震撼人心的美片。

　　小时候，团场连队常见向日葵的身影，大面积种植是为了卖葵花子，而田间地头常见的向日葵是用来当零食食用的。每当有电影放映队来到连队放电影时，母亲会早早炒一些葵花子，让我们装在口袋里，带到连队中心看电影时吃。看着精彩的电影，吃着喷香的葵花子，是我们童年时代最美好的回忆了。

　　向日葵，别名太阳花、葵花、向阳花、望日葵、朝阳花、转日莲等，因其花常朝着太阳而得名。向日葵原产于

北美洲，驯化种由西班牙人于1510年从北美带到欧洲，最初为观赏用。十九世纪末，又从俄国引回北美洲。世界各国包括中国均有栽培，通过人工培育，形成了许多品种。

向日葵，向往光明之花，给人带来美好希望之花。因为向日葵永远向着太阳的特点，世界上有很多人喜爱向日葵，并将其作为精神图腾。如苏联人民热爱向日葵，并将它定为国花。苏联解体后，乌克兰仍将向日葵定为其国家的国花。还有许多国家、地区和城市每年会举办向日葵节，以表达对这种植物的热爱。

向日葵的花语是"沉默的爱"，正如这花语，盛开的向日葵是那么灿烂夺目，但它却永远向着太阳绽放，永远表

达自己对太阳忠贞不变的爱情。

向日葵约在明朝中晚期传入中国，除了东南沿海一路外，还有可能自西南边疆传入。1993 年河南新安荆紫山发现向日葵图案琉璃瓦，该瓦为明正德十四年（1519）当地重修的玄天上帝殿遗物，但是河南方志记载向日葵最早见于万历三十六年（1608）《汝南志》，而且只有向日葵这一名称，无性状描写等，说明尚在引种初期，与琉璃瓦时间相距八十九年。

明代嘉靖四十三年（1564）浙江《临山卫志》里有向日葵在中国的最早记载，虽然仅有"向日葵"这一名称记载。

最早比较详细记载向日葵的文献是明末学者赵崡所著《植品》。该书刻于万历四十五年（1617），其中明确写道："又有向日菊者，万历间西番僧携种入中国。干高七八尺至丈余，上作大花如盘，随日所向。花大开则盘重，不能复转。"这段文字不仅明确指出向日葵是由西方来华传教士引入的异域植物，而且非常准确地描述了向日葵花盘向日的习性——开放之前才随太阳转动，开放之后便不再转了。

最早记载葵花子售卖的是《植物名实图考》："（向日葵）其子可炒食，微香，多食头昏，滇、黔与南瓜子、西瓜子同售于市。"晚清葵花子开始作为西瓜子的替代品，逐渐在零食瓜子中有了一席之地。民国十九年（1930）（黑龙江）《呼兰县志》载："葵花，子可食，有论亩种之者"，这是向日葵在中国大面积种植的最早记录。

向日葵种子叫葵花子，含油量很高，含有蛋白质、脂肪以及多种维生素、叶酸、铁、钾、锌等人体必需的营养成分，营养丰富、味道可口，是十分受人们欢迎的休闲食品。

新疆历来将向日葵作为食用瓜子或观赏花卉零星种植，清道光年间《哈密志》曾将向日葵列入花属，直到 1956 年以后才把它作为油料作物栽培。

位于新疆阿勒泰山脚下的兵团第十师一八二团顶山镇种植的食葵享誉全国，一八二团也被评为"中国食葵之乡"，并被农业部批准实施农产品地理标志保护。

向日葵是一种充满阳光、蓬勃向上的植物，它象征着太阳、光明、活力和健康，一直以来是众多艺术家钟情讴歌和描绘的对象，尤其是荷兰画家凡·高，他创作了大量描绘向日葵的作品。1888 年，三十五岁的凡·高从巴黎来到法国南部小镇阿尔勒，寻找他的阳光、他的麦田、他的向日葵。他笔下的向日葵像一团团熊熊燃烧的烈火，花瓣绽放，色彩绚丽，强烈地展现了向日葵蓬勃的生命力量。通过《向日葵》系列作品，凡·高向世人表达了他对生命的理解，并且展示出了他独特的精神世界。

向日葵的花盘如同一张笑脸，无论面对的是风霜还是雨雪，向日葵都会绽放自己的笑容。向日葵的积极向上、坚强乐观、忠诚纯朴，给予我们很多启迪。人生不也是如此吗？希望每个人都能在自己的心田里种下一片向日葵，让它们在漫长的人生路途中永远朝着太阳灿烂盛开。

2020 年的马齿苋

有一天丈夫发微信说，一楼邻居让他帮忙浇菜园。邻居家刚买了我家楼下一楼的房子，带菜园，刚装修好还没搬家，菜园里的菜倒是长得非常茂盛。

待在家里半个月、电视已经看腻了的丈夫当然乐得领这个差事，至少可以出门和菜们亲近一下啊。从来不关注野菜这等微小事物的他，居然像发现新大陆一样，兴奋地给我们发微信：菜园里有很多马齿苋！

我说："那好啊，全部摘回来焯水后冻冰箱，慢慢凉拌吃。不过，千万别把根拔掉了，留得野菜根，后面好继续摘。"

丈夫很听话，半天后在微信里给我们显摆他的成绩：焯水后按一顿一盘的量，分了十一袋。可谓成果丰硕。

恰好我在食堂吃完饭，返回的路上低头看见路边的水泥缝里长出几朵马齿苋。用"朵"这个字，是因为它的所

有枝叶都紧紧贴在地面上。又像盛开在地面上的一棵树，枝干清晰，枝叶茂盛。

虽然是三十多摄氏度的高温，水泥地面温度更高，但丝毫不影响这棵"树"的形象。每一片小小的椭圆形的叶子倔强地精神抖擞地立着，暗红色的茎秆圆滚滚的，就像那些在大地上从容玩耍的孩子们，皮实，可爱，没有丝毫萎缩的样子。正午时分，烈日当头，而马齿苋茎秆顶部的叶片中盛开着小如芝麻粒的黄色花朵，一副傲然挺立的样子。

这令我非常惊讶，坚硬的水泥地坪，几乎看不到缝看不到土，何以长出如此茂盛的马齿苋？难道阳光对它没有杀伤力？难道烫脚的水泥地坪烫不伤它的肌肤？

马齿苋，我们也叫马牙菜、麻绳菜，是乡野常见的野菜，我们的童年就是在它的陪伴下度过的。团场连队的职工们可是很讨厌它，因为它长得实在太快了，一点土一点雨，就能很快繁衍成一大片。菜园里、田地里、渠埂上，前面铲，后面长，铲也铲不尽。

夏天，老人们常用马齿苋拌凉菜。对我来说，马齿苋有点酸溜溜的味道，并不是我爱吃的。当然，那个时代的团场连队，人们肚子里没有油水，心里想的都是多吃点肉，好压一压吃多了玉米面时不时泛上来的胃酸，一般少有人吃马齿苋，更多的时候是拔去喂猪喂鸡的。

世事变迁，过去的猪草鸡草马齿苋，如今成了香饽饽了。随着城市化进程的加快，城里的老头老太太们没事到处转，春季小区角角落落的马齿苋还没长大就被他们早早挖去凉拌下肚了。每到春季，到郊区野外挖野菜更是成为时尚。

　　查阅资料才知道，关于马齿苋，还有不少传说在民间流传。让我没有想到的是，小小的马齿苋居然和后羿射日扯上了关系。

　　上古时代，天上有十个太阳，不停地炙烤大地，使得人们生活在水深火热中，庄稼全都枯死。后来出现了擅长射箭的后羿，他将天上的太阳逐一射落。在射到第九个太阳时，发现还有一个太阳不见了。相传这个太阳就是躲藏在马齿苋的叶子下面，所以没有被后羿发现，才得以保存了下来。从此以后，太阳就赋予了马齿苋一种特异功能，使它免受太阳直射，以此来报答马齿苋帮助它逃过被射落的恩情，这样马齿苋就不怕太阳的暴晒了。

　　当然这是人们根据马齿苋耐高温的特点编造的神话，但是马齿苋在夏季时不仅不会被烈日晒死，而且还是生长

的旺季。

马齿苋，一年生草本，全株无毛。茎平卧，伏地铺散，枝淡绿色或带暗红色。叶互生，叶片扁平，肥厚，似马齿状，上面暗绿色，下面淡绿色或带暗红色；叶柄粗短。花无梗，午时盛开，花瓣黄色。

说起马齿苋的花，我依然记得有一年在果园里看到遍地的马齿苋，枝枝蔓蔓铺满了地面，小小的黄花，如碧色海面的点点星辰。

查阅资料得知，马齿苋全草供药用，有清热利湿、解毒消肿、消炎、止渴、利尿作用；种子明目；还可做兽药和农药。小小马齿苋，全身都是宝啊。

平时我们当然都会忙忙碌碌地工作，走路都带风，哪有时间低头看地面上的野草。而今，这低头的瞬间，让我的思绪回到有马齿苋陪伴的童年时光，让我离开土地多年的眼睛能够再次回到脚下，关注这株小小的植物，以及跟它有关的更多事物。

歌德说：人之幸福，全在于心之幸福。这的确说到了幸福的根源。能够感知幸福，是一种能力。而幸福与否，全在于心的体悟。有句非常有名的话：我们走得太快了，是该停下来等等自己的灵魂了。生活，不仅仅是高歌猛进，疾速奔跑，还应该能够慢下来、有机会停下来，回头望望走过的路、看过的风景，使自己拥有更多对周边事物的感知机会和能力。如此，才能体悟生活中更多的美。

而实践证明，幸福，不是仅仅用金钱能够衡量和购买到的。幸福，是多种形态的，就存在于我们的日常生活之中。一个微笑、一声问候、一点帮助，一盘美食的出炉、

一本好书的阅读、一件工作的完成，等等。

　　培根说：人人都可以成为幸福的构建师。我相信，只要有恬淡的心态，面对纷繁的世界我们依然能够感受每一天的幸福，成为自己人生幸福的构建师。

后记

◎程煜

　　女人天生对花有着非同寻常的喜爱和敏感，我也不例外。这种敏感，让我从伊犁日常的看花生活中捕捉到了那些花儿带给我们的喜悦和幸福。因为热爱文学，这些点滴的喜悦和幸福又变成笔下这些绵延不绝的文字，于是有了这本《盛开在时光深处的花朵》。

　　这本书中的文字，跨时十多年，从中可见当年写作时的青涩和幼稚，但哪一个写作者又不是这样过来的呢？所以，当我再次一遍遍审读这些文字时，油然心生感动，感谢曾经那个青涩幼稚的我，成就今

天的我。

因为热爱，我一直在阅读和写作的道路上坚持行走。正如毛姆所说，"阅读是一座随身携带的避难所。"无论顺境还是逆境，阅读，让我视野更为开阔，努力在纷繁复杂的尘世中平稳心绪；写作，让我面对过往，努力打捞记忆中的珍宝，更加珍惜当下。

当年在伊犁工作生活时，伊犁有一批热爱文学并致力于文学事业发展的优秀作家和一大批文学爱好者，为伊犁营造了浓厚的文学创作氛围，也使伊犁成为新疆文学的一座高地。虽然我的文学萌芽源自父亲和他的知青朋友们，但我在文学道路上的后期成长却与伊犁浓厚的文学氛围密不可分。当一篇篇文字从我的心底流出时，我真心地感激伊犁这片神奇的土地，感激伊犁空旷辽远的文学天空。

在伊犁看花，是每年文学圈里的常规动作，按照花事次第盛开的时间，从四月杏花开始，桃花、苹果花、芍药花、薰衣草花、油菜花，间或草原上、田野间盛开的不知名的各色花朵，构成了伊犁此起彼伏的花事浪潮，也给伊犁披上了柔美绚丽的外衣，吸引了疆内外无数游客纷至沓来。

于是，随着看花的脚步，留下了一张张珍贵的图片，也随之有了这一篇篇关于花的文字。这些文字因花而起，却因人而丰厚。漫长的一生，我们相遇了很多花朵，到目前我只是书写了其中的一小部分。当然，我还会用手中的笔记述所遇之花、所遇之人、所悟之感。生命不就是这样吗？感恩遇见。

校对此书时，正值 2022 年夏季伊犁最火的旅游季，全国知名的网红公路——独库公路此时变成了"堵哭公路"，各大景点游客爆满。

这充分证明了伊犁之魅力、新疆之魅力，也证明了新疆旅游业未来的发展前景会多么广阔。

"用自己的方式爱新疆"，是我一直坚持的原则。无论这世界如何喧嚣，无论这世界如何浮华，我依然会慢慢行走在新疆大地上，用自己手中的笔和镜头，记录所见所闻、所思所想，给读者呈现我眼中的新疆。

在此，特别感谢北京大学新闻与传播学院原院长、中国电影家协会理论评论工作委员会会长陆绍阳先生和新疆青年女作家、二师铁门关市作协副主席胡岚在百忙之中抽出时间为本书作序；感谢高晨、赖宇宁、项阳、宋红花等好友为本书提供了部分照片；感谢出版社的编辑老师们为这本书的出版尽心尽责！

再次致谢！

2022 年 8 月